錬金王
ill. 阿倍野ちゃこ
転生して田舎でスローライフをおくりたい
王都に遊園地をつくろう
slow Living

ドール子爵
ぬいぐるみが大好きな貴族。
アルと人形劇事業を進めていたが――？
シューゲル・ミスフィード
ミスフィード公爵家の当主で、魔法学園の
学園長。ラーちゃんを溺愛している。

アルフリート
スロウレット家の次男。シューゲルからの手紙で、一年ぶりの王都へ！
ラーちゃん
ミスフィード公爵家の末の令嬢。魔法や遊びを教えてくれるアルを慕っている。

「おー、綺麗だ」
「いろんな光が見れるんだ！」

転生して田舎でスローライフをおくりたい

I want to enjoy slow Living

王都に遊園地をつくろう

錬金王

ill. 阿倍野ちゃこ

transmigrate to new world

CONTENTS

ミスフィード家の晩餐 142

ウォーターショー 153

アルとラーちゃんと秘密の部屋 162

三家共同事業 182

シルヴィオ兄さん生贄計画 200

そういう約束 207

魔石ランプ 214

久しぶりのウーシー肉 230

王都の寝具店 239

睡眠羊の枕 247

空のお散歩 261

両親へのお土産 274

書き下ろし小説 スライムの可能性 281

Illustration :chaco abeno　Design :afterglow

転生して田舎でスローライフをおくりたい

王都に遊園地をつくろう

似た者同士 004

エルナ母さんの魔法の稽古 011

虎の三大禁止事項 025

エリノラの意識改革 035

シューゲル＝ミスフィードは立ち上がる 044

受け取っちゃダメな手紙 051

アルの進路相談 067

ポダ村で一泊 091

仲睦まじい両親 101

久し振りの王都 109

ミスフィード家の当主 118

ラーちゃんの案内 126

似た者同士

I want to enjoy slow Living

「あー、寒い寒い」

朝食を食べ終わった俺は、ダイニングからリビングに移動。

リビングの中央にあるコタツへと足を滑り込ませる。

すると、足が弾力のある何かにズブリと呑《の》み込まれた。

「うわっ⁉」

得体の知れない感触に驚いた俺は、すぐに足を引っ込めてコタツから出る。

かけ布団を慌ててめくってみると、コタツの中にはビッグスライムが入っていた。猫かよ。

「なんだ……お前か。ビックリした」

どうやら俺はビッグスライムの身体《からだ》に足を突っ込んでしまったようだ。

「俺も温まりたいから入れてよ」

「………」

俺がそのように言うも、ビッグスライムはまるで動く様子がない。

こいつは怠惰さにかけては他の生き物に追随を許さない奴だ。主《あるじ》であろうと快適なポジションを譲ろうとしない図太い精神をしている。

俺の言うことなんて聞くつもりはないようだ。

いつものようにビッグスライムの身体を抱えてスペースを空けようとするが、ふと思い留《とど》まる。さっき足を突っ込んだ感触は中々に気持ちがよかった。

別に退《ど》かそうとせずに、そのまま足を突っ込んでやればいいのでは？

そう考えた俺は裸足《はだし》になって足を突っ込んだ。

すると、ビッグスライムの身体はズブリと俺の足を呑み込んだ。

コタツの熱によって温かくなったゲルが俺の足を包み込む。

「ああ、これは形容しがたい心地よさだ……」

ビッグスライムの全身を使ってクッションにするのとは違った心地よさ。

部分的なお陰か座った時のように意識を持っていかれることはないようだ。

これなら意識を保ちつつだらけることができる。

「朝から心地よさそうだね」

「うん、気持ちがいいよー」

ビッグスライムに足を突っ込んで寝転がっていると、リビングにやってきたシルヴィオ兄さんがクスクスと笑いながらやってきた。

本を手にしていることから、コタツに足を入れて読むつもりなのだろう。

シルヴィオ兄さんの反応が気になった俺は、ビッグスライムのことを教えることなく注視する。

「じゃあ、僕もお邪魔しようかな」

すると、シルヴィオ兄さんはかけ布団をめくって、コタツへと足を入れた。

「ふわっ⁉」

「あはははは！」

シルヴィオ兄さんの驚いた様子がとても面白く、俺は声を上げて笑った。

「今の感触は一体……？」

「ビッグスライムがいるんだよ」

「ああ、ビッグスライムが……」

中を覗《のぞ》き込んだシルヴィオ兄さんが安心したように息を吐《つ》いた。

普通、コタツの中に何か生き物がいるなんて思わないよね。屋敷にはそれなりの数のスライムがいるが、コタツに入り込んでくるのはコイツだけだ。

「って、アルはビッグスライムの中に足を入れてるの？」

「うん、温かくて気持ちがいいよ」

「……前みたいに変になったりしない？」

「大丈夫。これなら意識は飛ばない」

ビッグスライムに腰かけて大変な状態になったのは、記憶に新しい。

しかし、この状態でも意識を保っている俺がなによりの証明だ。

「それなら、少しだけ……」

俺の様子に安心したのか、シルヴィオ兄さんが警戒を解いてゆっくりと足を入れる。

すると、シルヴィオ兄さんは吐息のような息を吐き。

「ふわぁ……」

とてもだらしない顔をした。

「シルヴィオ兄さん？」

「あー……あはは、気持ちいい……」

心配になって思わず目の前で手をかざすと、シルヴィオ兄さんは熱に浮かされたように呟《つぶや》いた。

普段から怠惰な日常を味わっている俺と違って、そういった快楽に慣れていないシルヴィオ兄さんには刺激が強かったようだ。

「シルヴィオ兄さんは、もうちょっと怠惰に生きる必要があるね」

せめて、ビッグスライムに足を入れても意識を失わないくらい、怠惰な日常を送らないと。

まずは朝の二度寝から始めることだね。

◆

ふと目を覚まして周りを見ると、そこはリビングだった。

どうやらコタツに入って寝転んだまま二度寝をしていたらしい。

柔らかなビッグスライムで足先を温めながら眠るのは、それはもう最高の怠惰だった。

ふと横を見ると、シルヴィオ兄さんはさっきと変わらぬ様子で意識を飛ばしている。

まだビッグスライムの心地よさを乗り越えることはできないようだ。

シルヴィオ兄さんは普段から勉強や読書をしたり、ノルド父さんの仕事を手伝ったりと忙しい。こうやって無理矢理休みをとらせてあげるくらいが、ちょうどいいだろう。子供のうちから無理をするのは良くないからね。

「それにしても平和だ」

その原因はわかっている。エリノラ姉さんが絡んでこないからだ。

前回のグラビティ事件が発覚し、エリノラ姉さんにはさらなる魔法の授業が追加された。

デバフ魔法をかけられたまま二週間も気付かない間抜けさに、エルナ母さんも危機感を持ってくれたようだ。

そんなわけで今日も朝から魔法の座学をやらされ、エリノラ姉さんは今も勉強中。

いやー、平和な時間があるって素晴らしい。

「エリノラ姉さんは毎日朝から晩まで勉強するべきだね」

「そんなの絶対無理」

寝転びながらぼやいていると、エリノラ姉さんが覇気のない反論をしながらやってきた。

エリノラ姉さんがコタツに足を入れると、ビッグスライムは形を変形させて場所を空けた。お前、俺がやってきた時はそんな気遣い見せなかった癖に……。

仮にも野生を生き抜いた魔物だけあって、この屋敷のヒエラルキーを把握しているようだ。そんなところが小賢《こざか》しい。

エリノラ姉さんはコタツに足を入れるなり、テーブルに突っ伏した。

使い慣れない脳を使って、すっかり気力を消費したようだ。

「これくらいで疲れるなんて情けないわね」

続いてリビングにやってきたのはエルナ母さんだ。

精根尽き果てたエリノラ姉さんを見て、ため息を吐いていた。

「そうだよ、エリノラ姉さん。いつもの根性はどうしたの？　まだ朝の一コマしか終わってないよ」

剣の稽古で俺が言われていることをここぞとばかりに言ってあげると、エリノラ姉さんは気だるそうにしながら一言。

「………うるさい」

俺がそんな反論をすれば、きっと叩《たた》かれているだろう。

エリノラ姉さんもできない側の心理を理解し、もっと優しくなってくれると嬉《うれ》しいものだ。

「エリノラの休憩時間の間は、外でアルに魔法でも教えましょうか」

「えっ、本当？　エルナ母さんが魔法を教えてくれるなんて随分久しぶりな気がする！」

具体的にはエリックの領地に行った時以来だろうか。

「アルは基本を全て押さえているし、教えなくても勝手に学んでいるもの」

「じゃあ、今日は何を教えてくれるの？」

「変わった魔法の使い方よ。以前、ノルドがグラビティを弾《はじ》いてみせた時のようなね」

「なるほど」

グラビティを弾かれるとは思っていなくて、あの時は驚いたものだ。

とにかく、エルナ母さんはそういった魔法の応用を教えてくれるらしい。

エルナ母さんにどんな意図があるのかは知らないが、魔法を使うのは好きだ。

「魔法を使うだけだし着替える必要もないわね。このまま外に行きましょう」

流石《さすが》はエルナ母さん、融通が利いて素晴らしい。ノルド父さんはこういうところが真面目《まじめ》だから、きっと稽古服に着替えさせたに違いない。

「わかった」

リビングから出るエルナ母さんの後ろをついて移動する。

廊下を歩いて玄関までやってくると、エルナ母さんは振り向いて酷《ひど》く真面目な表情で、「外は寒いから火魔法は絶やさないように」と言った。

エルナ母さんのこういう一面を見ると、やっぱり俺はこの人の息子なんだな。

エルナ母さんの魔法の稽古

I want to enjoy slow Living

　エルナ母さんに連れられて屋敷の中庭へ出る。

　冬なので勿論《もちろん》外の空気は冷たいが、火球がたくさん浮かんでいるので寒く感じない。この辺りだけ夏のように暑いくらいだ。

　俺とエルナ母さんを取り囲むように火球が浮かんでいる様子は、ちょっとシュールかもしれない。

「温度は大丈夫？」

「全体的にもう少しだけ下げてちょうだい」

「わかった」

　細かい注文かもしれないが、温度調節は大事だ。たった1℃、されど1℃。その小さな違いで快適さは変わる。

　快適な空間に対するこだわりが強い俺とエルナ母さんに、妥協はない。

「そういえば、屋敷では温度調節をよくするけど、どうして剣の稽古の時には使わないのかしら？」

「だって、そんなことをすれば、寒いっていう言い訳が使えないじゃん」

「……エリノラが聞いたら怒りそうね」

寒いから休憩。寒いから入念にストレッチ、ウォーミングアップ。寒いから切り上げる。

といった常套句《じょうとうく》が使えなくなると俺が不利だからね。

快適な環境を用意すれば、エリノラ姉さんが喜び、稽古時間が増える恐れがある。

「剣の稽古時間を減らすためなら一時《いっとき》の苦行くらい耐えてみせるよ」

「立派なことを言っているようで、そうじゃないわね」

「そんなことより、エルナ母さんは何を教えてくれるの？」

剣の稽古の話なんてどうでもいい。それよりも俺は魔法に興味が向いていた。

「そうね。いくつか教えたいことはあるけど、まずはノルドにグラビティをかけた時に気にしていた魔法への抵抗かしら」

「ああ、そうそう。あれ、気になっていたんだよね」

ノルド父さんにグラビティをかけようとした時、最初は抵抗されて魔法をかけることができなかった。あんな風に抵抗されたのは初めてだったので気になっていた。

なんでも魔法がかかる瞬間に合わせて、魔力で抵抗したみたいなことを言っていたが、どういう原理なんだ？

「通常、相手に魔法を仕掛けられた場合、どうやって抵抗すると思う？」

「前提としてまず相手と戦わない。仮に仕掛けられたとしても相手が優位に立てるようなフィールドには立たない」

バグダッドのような時でもない限り、まず戦うようなことはしない。

仮になったとしても、こちらが圧倒的な優位な状況に立てる位置取りをする。

などと述べると、エルナ母さんはまったくこの子はといった顔で近づく。

「アルのその徹底した慎重さは評価するけど、今はそれを無しとしなさい」

「あ、うん。相手の魔法が発動する前に潰すか、躱《かわ》すよ」

「じゃあ、もし不意を突かれて被弾したら？　『ウォーター』」

エルナ母さんがにっこりと笑いながら、詠唱省略。

すると、俺の足元が水に包まれた。

「冷たっ！　可愛《かわい》い息子に不意打ちなんて卑怯《ひきょう》な！」

「うふふ、これも母親の愛というものよ？」

抗議をするもエルナ母さんは気にした風もなくコロコロと笑った。

「さて、こうなった時にアルはどうする？」

「え？　そりゃあ――あれ？」

さらなるエルナ母さんの問いに、すぐに答えようとしたが咄嗟《とっさ》に答えることができなかった。

「そう。気付いたと思うけど、アルも相手の魔法に晒《さら》された経験っていうのは少ないのよね。無詠唱で魔法が発動できて、後出しでも反応できるから」

そもそも七歳児で魔法に晒される経験が豊富っていうのもどうかと思うんだけど。

「子供に必要ないとはいえ、いざという時に対策ができないっていうのも困るでしょ？」

「そ、そうですね」

そんな俺の思考を見透かしたのか、エルナ母さんが強調したように言う。

そこまでわかりやすい顔をしていたのだろうか。実際に読まれたのだからしていたんだろうな。

危ないことに極力近寄らないのが俺のスタンスだけど、世の中にはどうにもならないこともあるし、バグダッドの時のようなこともあるかもしれない。

あと、純粋に魔法に関することは好きなので、どうやって対処するか気になる。

「というわけで、こうなったらどうするかしら？」

「その前に冷たいからお湯に変えていい？」

「……好きになさい」

地味にこの冷たさが辛《つら》いんだよね。

許可がとれたので纏《まと》わりついた水に手を入れて、火魔法を発動して温める。

程よく加熱すると、気持ちのいい温度のお湯になった。

「リラックスしてどうするのよ」

ホッとしているとエルナ母さんに突っ込まれる。

そうだった。この魔法をどうやって剥がすか考えないと。

とりあえず、足を動かしてみる。

当然、その程度で足に纏わりついた水が離れることもない。

足を動かした分だけ、水も付いてきて温かい――じゃなくて、離れることはなかった。

試しに手でパンチしてみると水が弾けて少し散るだけで、魔法が瓦解することはない。それもそうだよね。

軽く風魔法を発動して、水だけを吹き飛ばそうとしてみる。

しかし、エルナ母さんの魔法は抵抗して離れることはなかった。

かといって、自分の足に魔法をぶつけて吹き飛ばしてしまうことも怖いし、スマートじゃない気がする。

「俺の水魔法でエルナ母さんの魔法を支配する」

水が離れないのだったら、俺も水を呼び出し、纏わりついた水と融和させて無理矢理支配下に置いてしまえばいい。

氷魔法で凍らせるって手もあるけど、それじゃ俺の足が氷漬けになってしまう。

「かなりごり押しの方法だけど、それも一つの正解ね。でも、もっと少ない魔力で手間をかけずに外すこともできるわ」

……もしかして、それがノルド父さんの言っていた、魔力による抵抗だろうか？

だとしたら、わざわざ魔法を使うんじゃなくて、体内にある魔力を纏って相手の魔法を弾き飛ばせばいいのか。

咄嗟に思いついた俺は、体内の魔力を足に集中させて、纏わりついた水を弾き飛ばすように外に放出した。

　すると、俺の足に纏わりついていた水が爆散したように弾けて飛ぶ。

「おおっ！　水がとれた！」

「…………」

　喜んで視線を上げると、そこにはびしょ濡《ぬ》れになったエルナ母さんがいた。

「あっ、ごめんなさい」

「……いいわ。これは私の不注意だもの」

　エルナ母さんは水気をササッと払うと、気を取り直したように咳払《せきばら》い。

「そういうこと。こういった拘束系の魔法は、体内の魔力を練り上げ、外に放出すれば解くこともできるのよ。とはいえ、魔法を仕掛けられた状況で冷静にやるのは難しいわ」

「なるほど。だから、安全に解くにはノルド父さんの言っていたように、魔法がかかる瞬間に魔力を活性化させて弾くってことなんだね？」

　今回かけられた魔法が安全な水だからこうして落ち着いていられるけど、通常はグラビティのような身体に負荷をかけてくるのもあるだろう。

　そんな状況でちんたら解除できるかと言われると難しい。

　慣れたらできるだろうけど、そんな慣れは欲しくない。

　だから、魔法が身体に効果を及ぼす前、あるいは瞬間に魔力活性を行って防ぐのが一番安全なのだろう。

「そういうことよ。はぁ、エリノラにもこの理解の良さがあれば……いえ、アルと比べるのはさすがに酷よね」

先ほど散々講義をしたからだろう。エルナ母さんがやや苦労を感じさせるため息を吐いた。

魔法って理屈さえ理解できれば、割と基礎はどうにでもなる印象だけど、エリノラ姉さんにとってはそこが一番の難関だろうね。

剣以外のことへの興味は薄いし、完全に感覚派だから。

「まあ、エリノラのことは置いておいて、拘束魔法の弾《はじ》き方を練習しましょうか」

「うん。お願い」

エルナ母さんが飛ばしてくる纏わりつく水を俺は、魔力活性で弾き続けた。

◆

俺の周囲でいくつもの水が弾け飛ぶ。弾け飛んだ水が身体を少し濡らすが、周囲は火球のお陰で温度が上昇しているので気持ちいいくらいだった。

「さすがの呑み込みの早さね。もう十分でしょう」

「わーい」

襲いかかる全ての水を魔力活性で弾くと、エルナ母さんから合格のお達しがでた。

素直に喜んでいると不意に視界の端できらめきが見えた。

それをしっかりと把握した俺は、左足に魔力を移動。

しかし、流れるように襲いかかる水は咄嗟に軌道を変えて、右腕に纏わりついた。

瞬時に魔力を右腕に集めて魔力活性。纏わりついた水は弾け飛んだ。

「……エルナ母さん」

「ちょっとした応用じゃない。アルなら問題なく対処すると思ったわ」

思わずじっとりとした視線を向けると、エルナ母さんは表情を一ミリも変えることなく言った。

エルナ母さんの性格上、また不意打ちを狙ってくるとは思ってたけど、無詠唱でしかも咄嗟に軌道を変えるなんて意地が悪いよ。

なんだか昔よりも魔法が上手《うま》くなっている気がするし。

とはいえ、実際にあり得そうなパターンを経験できたからよかったのか？　まあ、これからも普通にスローライフをおくるだけなのでこんな経験は欲しくないけど。

「ねえ、他にも面白い魔法の使い方とかある？」

エルナ母さんが魔法を教えてくれるのは非常に珍しい。

今のうちに聞けることは聞いておかないと。

「本当にアルは魔法が大好きね。そうねー、対人戦で役立つ魔法の使い方とかどうかしら？」

「たとえば、どんな？」

にっこりと笑いながら説明するエルナ母さんは火魔法を発動。

エルナ母さんの周りに火球が何十と浮き上がった。

「これを飛ばされたらアルはどうする？」

「火傷《やけど》する」

「真面目に答えなさい」

起こり得る未来を語ると、普通に怒られた。

「魔法で全部撃墜するよ」

魔法で防ぐという選択肢もあるが、あの火球はエルナ母さんの精密な制御下にある。

シールドを正面に張ろうが回り込まれるだろう。

全方位にシールドを張って防いだとしても、亀のように耐え続けるハメになるので得策ではない。

「あら、全部撃墜する必要があるかしら？　ちゃんとよく見なさい」

そう考えての対処だったが、どうやらそれは正しくないみたいだ。

この場合の見るということは視覚的なものではないだろう。

落ち着いてエルナ母さんの火球を観察してみる。

「あっ！　火球のほとんどに魔力がこもってない！」

「そう。この中でまともな攻撃力があるのは三つくらいね。それ以外はほぼ見せかけだから、当たっても精々熱いと感じる程度でしかないわ。でも、それを見抜けない相手はすべてが必殺の一撃だと思い込んで大袈裟《おおげさ》な対処をする」

「うわー、性格が悪いや」

「効率的な魔力運用をしていると言いなさい」

これだけの弾幕を見せつけられれば嫌でも警戒してしまう。

現に魔力感知ができる俺でも、咄嗟に気付けずに全てを対処しようと思ってしまったほどだ。

エルナ母さんの言う通り、魔力に対する感知や警戒が不得意な人には面白いように効くだろうな。

「アルもやってみなさい」

「うん」

エルナ母さんに言われて、俺も火球を十個ほど生成。

魔力の振り分けやイメージを調節して、本命の攻撃力となるものを三つくらいにする。

他の七個は大した攻撃のない幻影のようなもの。種火にもなるかどうか怪しいレベルだ。

「できた」

「作り上げてから振り分けるのじゃバレるわ。生成時にできるようにしなさい」

習得できたかと思いきや、これではダメらしい。

確かに生成してから露骨に魔力を振り分ければ、見抜かれてしまうだろう。

生成時にすべてを完成させるのが望ましい。

作り上げた火球を解除し、もう一度火魔法を使う。

先ほど振り分けた魔力を最初から作り上げるようにイメージして発動。

すると、火球の生成と共に魔力の振り分けもできるようになった。

「次は本命を一つに」

先程の再現をしているとバレたのだろう。魔法は応用してこそだ。

魔法を解除して再現には頼らず、瞬時に魔力の振り分けをして火球を生成。

本命の火球一つに、攻撃力のない火球が九つ生成された。

瞬時に魔力の振り分けをすると、エルナ母さんは満足げに頷《うなず》いた。

本命を動かして幻影と混ぜるように射出すると、エルナ母さんは見事に本命だけを火球で相殺した。

エルナ母さんほど魔力感知に優れていると、すぐに見抜かれるようだ。

魔力のさほどこもっていない火球は空中で自然消滅した。

「これでどう？」

「上出来ね」

どうやらエルナ母さんも満足の仕上がりだったようだ。

これは他の魔法でも応用ができるので比較的使い勝手がいいな。

まあ、俺が魔法で対人戦をやることなんて滅多にないんだけどね。

「ねえ、エルナ母さん……」

「なにかしら？」

「すごく有効的な使い方だけど、もっと穏便な魔法の使い方とかない？」

なんかエスカレーター的なすごく移動が楽になる魔法とか、楽しい魔法の使い道とか教えてほしい。

「それはいつもアルが考えているでしょ。これはあくまで自衛のための使い方なんだから」

「それもそうか」

確かにそれらはいつも俺が考えていることだ。

今日の趣旨は、色々な魔法の使い方を教わることなのでそこは受け入れるとしよう。

◆

それから俺はエルナ母さんからいくつかの魔法の運用方法を学んだ。

使い道は物騒だったとはいえ、俺だったら考え付かないようなことばかりで楽しかった。

その中には剣士に有効な技もあったので、エリノラ姉さん対策として実に役に立つだろう。そういった魔法はとてもありがたい。

「こんなものかしらね。そろそろエリノラの講義に戻るわ」

「うん、ありがとう」

礼を言うと、エルナ母さんがにっこりと笑って去って行く。

が、俺は聞きたいことがあったのを思い出した。

「あっ、エルナ母さん」

「どうしたの？」

「前から気になっていたんだけど、俺ってもしかしてかなり魔力が多い？」

ラズール王国、歴代の魔法使いの中で屈指の魔力を誇るバグダッドよりも俺は魔力が多かった。

サルバにもかなり魔力が多いって言われたけど、実際のところどうなんだろう？

「かなりじゃなくて魔法使いの中でも断トツね。魔力量だけでいえば、ミスフィリト王国に適《かな》う魔法使いはいないんじゃないかしら？」

「ええ？　そんなに⁉」

ラズールだけでなく、ミスフィリト王国内でも頂点レベルともなれば、俺の魔力量って世界レベルなのか？

「だから、私とノルドは宮廷魔法使いになるのはどうかって勧めているのよ。アルには魔力だけでなく途轍《とてつ》もない魔法の才能がある。きっと宮廷魔法使いになれば、歴史に名を残すような魔法使いに――」

「あっ、そういうのは興味ないから」

エルナ母さんの言葉が熱を帯びて、長くなりそうだったので失礼ながら断ち切る。

俺は田舎《いなか》でゆっくりとスローライフをおくりたいだけだ。

エルナ母さんやノルド父さんの期待もわからなくもないけど、歴史に名を残すような魔法使いになんて興味ない。

大体、そんな職についたら絶対に忙しくなるじゃん。俺は今世こそ、のんびり楽しく生きるって決めているからね。

「まあ、今はまだ子供だしゆっくりと考えなさい」

エルナ母さんはため息を吐くと、ゆっくりと屋敷へと戻っていく。

いや、考えるまでもないよ。もうこの世界に転生して赤ん坊になった頃から、俺の人生プランは定まっているし。

エルナ母さんとノルド父さんには悪いけど、俺は宮廷魔法使いになんてなるつもりはないや。

虎の三大禁止事項

I want to enjoy slow Living

屋敷の廊下を歩いていると、勉強部屋からエリノラ姉さんが出てきた。

その顔色は酷く気だるげで、どこかイライラしているようであった。

グラビティ事件の発覚から、エリノラ姉さんは毎日のように魔法の勉強をさせられている。今まであまり使うことのない頭を使うことにより、疲労とストレスが溜《た》まっているのだろう。

前世で受験勉強に追い詰められていた姉たちもこんな感じだったな。

機嫌が悪い女性に近づくとロクでもない目に遭うのは、遥《はる》か昔から言い伝えられていることだ。

厨房《ちゅうぼう》でフルーツジュースでも貰《もら》おうと考えていた俺だが、身の安全の方が大事だ。

引き返そうと考えた瞬間、エリノラ姉さんと視線が合った。

その瞬間、俺はくるりと踵《きびす》を返してダッシュした。

すると、エリノラ姉さんがこちらに向かってダッシュしてくる。

エリノラ姉さんの身体能力はとんでもなく、それなりに距離があったというのに瞬く間に押し倒された。

俺の背中に腰を下ろすエリノラ姉さん。

「わっ！　な、なにさ⁉」

「特に用事はないけど、アルが逃げたから何となく追いかけてみた」

「あんたは虎か……」

目を見てはいけない。威嚇していると思われるから。

背中を見せてはいけない。背中を見せると襲いかかる習性があるため。

走ってはいけない。興奮して追いかけてくるから。

思えば虎の三大禁止事項を全てやってしまった気がする。

猛獣であるエリノラ姉さんが襲いかかってきたというのも頷けるものだ。

「とりあえず、退いてくれる？　重——ふぐっ⁉」

「なに？」

「……なんでもないです」

重いから退いてと言おうとしたら、膝でグリッと背中を圧迫された。

至極真っ当な意見を申したのに過ぎないのに理不尽だ。

「二人とも、そんなところで何してるの？」

廊下でドタバタやっていたからだろう。

勉強部屋から教材を手にしたエルナ母さんが出てきた。

「何もしてないのにエリノラ姉さんに押し倒されたんだ。八つ当たりだよ」

「アルがあたしを見て逃げるから追いかけただけ」

「クマかしら？」

エリノラ姉さんの言い分を聞いて、エルナ母さんも思わずそんな言葉を漏らした。

「……エリノラ、魔法の授業は嫌い？」

エリノラ姉さんの不機嫌そうな様子を見て、エルナ母さんが尋ねる。

エルナ母さんは、エリノラ姉さんに魔法をもっと意欲的に学んでほしいのだろう。

「嫌いというか難しい。剣を使うのと違って色々と考えないといけないから」

いや、剣を使うのもかなり頭を使うと思うが、それは俺とシルヴィオ兄さんだけらしい。

感覚派のエリノラ姉さんからすれば、ほとんど考えることなくできるようだ。

才能というのは恐ろしい。

「でも、魔法のことを知らないと、戦闘で後《おく》れをとることになるわよ？」

「その時はその時で対応する」

「うーん、それができる実力があるから困ったものね」

なまじ幼い頃から剣術に優れているせいか、ねじ伏せる自信があるのだろう。

事実、エリノラ姉さんを前にすれば、大半の魔法使いは魔法を行使する前に斬り伏せられるに違いない。

そんな彼女に、魔法の恐ろしさについて理解しろというのは難しいのかもしれない。

「……アル、エリノラと魔法ありの立ち合いをお願いできる？」

「えええええ⁉　ここはエルナ母さんが一肌脱ぐところじゃないの⁉」

なんとなくそういう空気を察していたが、まさか俺に頼むとは思っていなかった。

「私がやってもいいけど、それじゃエリノラも納得しないかもしれないでしょ？」

「まあ、そうだけど……」

確かに元Aランク冒険者であるエルナ母さんに負けるより、弟の俺に負けたり苦戦したりする方がエリノラ姉さんにとって刺激になるかもしれない。

だからといって、エリノラ姉さんを相手にそんなガチな稽古をしたくない。

「アルと魔法ありの立ち合い……ッ！」

俺たちの会話を聞いてか、エリノラ姉さんが立ち上がってワクワクする。

先ほどの不機嫌そうな面持ちとは一転して、実に機嫌が良さそうだ。

エリノラ姉さんは戦闘狂なのでそれでいいかもしれないが、俺は良くない。

なんでそんな面倒くさいことをしなければいけないんだ。

そんなことを思っていると、エルナ母さんが耳打ちしてくる。

「……アルがエリノラを負かしてくれれば、きっと当分は大人しくなるはずよ」

「えー？　そうかな？」

「ええ、私が保障するわ。きっと冬の間は猛勉強してくれるでしょうね」

俺にはわからないが、エルナ母さんにはそういうビジョンが見えているらしい。

それだけ俺に負けることが悔しいということなのだろうか。

魔法ありの立ち合いをするのは面倒だけど、一回立ち合うだけで大人しくなってくれるのであれば悪いことではないのかもしれない。

自主稽古に連れ出される回数も減るし、勉強のストレスでまた押し倒されては敵わない。

「それなら一回だけ……」

「じゃあ、決まりね」

「あたし準備してくる！」

エルナ母さんがパンと手を叩くと、エリノラ姉さんは大喜びで二階へと上がっていく。

立ち合いができることが嬉しくてたまらないみたいだ。

「アル、できれば……」

「わかってる。魔法の厄介さを教えてあげるように立ち回ればいいんでしょ？」

「理解が早くて助かるわ。それじゃあ、お願いね」

◆

防寒着を身に纏って中庭に出ると、当然のごとく寒かった。

雪は降り積もっていないが、それでも寒い空気と風は健在だ。

防寒着だけでは防ぎ切ることができないので、火球を周囲に浮遊させる。

「……なにこれ？」

稽古服を身に纏ったエリノラ姉さんが、準備体操をしながらジトッとした視線を向けてくる。

「寒いから暖をとってるんだよ」

「ふーん、まあ暖かいに越したことはないけど器用ね」

エリノラ姉さんは特に気にした様子もなく体操を続ける。

身体を動かせることが嬉しくて堪《たま》らないらしく、実に機嫌が良さそうだ。

中庭にはエルナ母さん、ノルド父さん、シルヴィオ兄さんまでもがやってきて、観戦する気みたいだ。できれば俺もそっち側に回りたい。

「アルは準備運動をしなくていいの？」

「いらないや」

「……そう。それで怪我《けが》をしたり動きが悪くても知らないわよ？」

エリノラ姉さんがそんな注意をしてくるが、生憎《あいにく》と俺は一歩も動くつもりがなかった。

その場で立って魔法を行使するだけだ。準備運動なんて必要ない。

「そろそろ準備はいいかしら？」

エリノラ姉さんの準備運動が終わったところで、エルナ母さんから声がかかる。

「あたしはいつでもいける」

「こっちも問題ないよ」

二十メートル離れた距離で向かい合って、エリノラ姉さんと俺は返事する。

距離は十分に離れているが、エリノラ姉さんを相手にすれば心許《こころもと》ない。

しかし、今日の立ち合いは魔法を使っていいのだ。

魔法が使えるのであれば、エリノラ姉さん相手でも負ける気はしなかった。

昨日エルナ母さんに教えてもらった剣士対策の魔法を使ってみるのも面白いだろう。

「……エリノラ、本当にそのままでいいの？」

「え？　うん。準備はバッチリだもの」

エルナ母さんが最後のヒントを与えるが、エリノラ姉さんは気付いていない。

自らの忠告に気付かないエリノラ姉さんを見て、エルナ母さんは小さくため息を吐いた。

「ならいいわ。では、始め！」

改めて告げられた開始の声を聞くと、俺は無詠唱で風魔法を放った。

「わっ！」

木剣《ぼっけん》を手に突っ込んでこようとしたエリノラ姉さんは、真正面から強風を受けて体を後方へ持っていかれることになった。

そのまま上空に打ち上げれば対処法もなく終わりなのだが、エルナ母さんから魔法の厄介さを教えるというオーダーが入っているのでそうはいかない。

エリノラ姉さんは二十メートルほど吹き飛んだが、空中で体勢を整えて軽やかに着地した。そのまま視界を奪われながらも冷静に地面を蹴り出して移動しようとするができない。

「足が！」

俺が着地地点にある土に魔法をかけて、エリノラ姉さんの足をからめとったからだ。

水魔法も使って粘着性の強い泥にしているので、ちょっとやそっとじゃ抜け出せない。

魔力感知や魔力抵抗ができればこんな簡単な技に引っ掛かることはないが、魔法の知識と技術に乏しいエリノラ姉さんに防ぐことはできない。

「こんなもの！」

エリノラ姉さんが体内の魔力を活性化させた。

身体強化を使って力ずくで壊すつもりだろう。

かなりの魔力を込めているので拘束は解くことはできないが、念のためにそれを防ぐ。

「『グラビティ』」

エリノラ姉さんの身体に元から付与している重力を引き上げた。

すると、エリノラ姉さんの身体がピタリと中腰で止まる。

「ぐっ、ぐぎぎ……」

地面に這《は》いつくばらせるつもりでやったが、身体強化を使って何とか抵抗しているみたいだ。

しかし、抵抗しているだけでまともに動くことはできない。

動くことのできない相手など魔法使いからすれば的でしかない。

俺は悠々と水魔法を発動し、そこに厨房から拝借した油を混ぜ込む。

油と水の入り混じった水球を射出して、エリノラ姉さんに当てた。

エリノラ姉さんはそれでも悲鳴を上げたり、動きを鈍らせることなく、何とか木剣を振り上げて土の拘束を破ろうとした。

しかし、振りかぶったところで手から木剣がすっぽ抜ける。

「え？」

「水球には油を混ぜているからね。変に力んだら武器なんて持てないよ」

これこそエルナ母さんに教えてもらった剣士殺し。

水球に油を混ぜて、ぶつけることによって相手に得物を握らせなくする寸法だ。

もし、これが鞘《さや》に収まった状態でぶつけることができれば、相手はまともに剣を抜くことさえできなくなるだろうな。氷魔法でダメ押しとばかりに凝固させてもいい。

「エリノラ姉さん、終わりだよ」

「ま、まだ、あたしは……ッ！」

「ここまで一方的に魔法を食らっておいて『負けてない』なんて言い張りはしないわよね？　当たったのが水球じゃなくて、殺傷力の高い魔法なら終わりよ？」

エルナ母さんが有無を言わせない口調で告げた。

「そもそも、最初の一手で終わっていたんだ。風魔法で空に打ち上げられれば、エリノラにはどうすることもできないから」

「エリノラ姉さん……」

「……参りました」

ノルド父さん、シルヴィオ兄さんからお言葉も受けて、冷静になったエリノラ姉さんは負けを認めた。

エリノラの意識改革

I want to enjoy slow Living

「うううう！　こんなにも簡単に負けるなんて！」

「はいはい、悔しがることよりも先に反省よ」

悔しそうに吠《ほ》えるエリノラ姉さんを宥《なだ》めるエルナ母さん。

エリノラ姉さんはむくれながらも素直に感情を抑える。

一応、振り返りの大事さはわかっているようだ。

「アルはどうして最初に風魔法を使ったのかしら？」

反省会を円滑に促すためにエルナ母さんが尋ねてくる。

「エリノラ姉さんがバカみたいに突進してくるのはわかっていたから。効果範囲の広い風魔法で遠くへ押しやったんだよ」

エリノラ姉さんの身体能力を考えると、ファイヤーボールやストーンランスといった点での攻撃は躱される可能性が高い。

だから、避けることの難しい面での攻撃を得意とする風魔法を選択した。

「ば、バカみたいって……」

「現に何も考えずに突っ込んできたじゃん」

「…………」

不満げにしていたエリノラ姉さんだが、正論を前に沈黙した。

「そうね。狡猾《こうかつ》な魔法使いを相手にして不用意に突撃するのは良くないわ」

「……うん。確かにちょっと迂闊《うかつ》だった。相手はアルだもん。もっと警戒するべきよね」

なんだか言いようが酷いが気にしないことにしよう。

素直に反省しているようだし水を差す必要はない。

「最初の魔法にあたしはどう対処するべきだったの？」

「…………」

「なによ？　その驚いた顔は？」

「いや、エリノラ姉さんが素直だなって」

「うるさいわね。教えなさいよ」

思わず茶化すとエリノラ姉さんが顔を赤くする。

これ以上続けると物理攻撃を食らいそうなので答える。

「魔力の気配と規模を察知して、瞬時に効果範囲から離脱する」

「あたしにはアルみたいな魔力を感知っていうのはできないんだけど……」

「エリノラの修行不足ね。きちんと魔力と向き合っていれば、完全な察知はできなくても兆候くらいは感じ取れたはずよ」

「そうなんだ……」

赤ん坊の頃から魔力と親しんできたので、エリノラ姉さんの魔力への鈍さが理解できない。普通の人はそんなにも魔力が見えにくいものなのか。

「もし、最初に空に打ち上げられていたら、エリノラはどうやって対処していたんだい？」

「ええ？　うーん、身体強化を使って着地を頑張る？」

今度はノルド父さんが問いかけると、エリノラ姉さんが悩みながらも答える。

我が姉ながら何という脳筋具合か……。

「魔法使いが空中で落下していく敵を見逃すと思うかい？」

「うっ、思わない。でも、それならどうするの？」

「僕なら風魔法がある。落下を減衰させて着地ができるし、風を起こして空中で移動だってできる」

「あたし火魔法しか使えないんだけど……」

属性の違いを理由にするが、それは視野が狭いとしか言えない。

「火魔法だって同じようなことができるじゃん」

「どうやって？」

「火魔法を使って爆風を使えば落下を減衰させられるし、空中で移動だってできるよ」

「……？」

俺がそのように説明するもイメージが湧かないのかエリノラ姉さんは首を傾《かし》げる。

仕方なしに俺は風魔法で自らの身体を浮かび上がらせる。

二十メートルほど浮かび上がると、火魔法の爆発を起こし、その反動で横に移動。

うっ、軽く自分でやってみたけど、身体への衝撃がすごいな。内臓が揺さぶられている感じが半端ない。

不快感を我慢しながら移動し、そのまま落下していくが、今度は下に爆風を放つことで減衰させて着地した。

「ほら、こうすれば空中で移動しながら着地場所を選べる」

「すごい！　火魔法にそんな使い方があったんだ！　それを使えば、剣術に応用できるかも！」

確かにエリノラ姉さんの動きに爆発移動なんて加われば厄介だな。

純粋に速度や旋回力が上がるだけでなく、剣の振り落としにも合わせれば攻撃力も上がるだろうな。

エリノラ姉さんの魔法意欲を上げるためとはいえ、余計なことを言ってしまったかもしれない。

傍《そば》では目をキラキラとさせながら腕を突き出しているエリノラ姉さん。

早速やってみようとしているところ悪いが、止めてさせてもらう。

「待って。それはもう少し魔法が上手くなってから」

「なんで？」

「下手《へた》すると爆発で自分の身体が吹っ飛ぶ」

俺はまだしもエリノラ姉さんは魔力制御が杜撰《ずさん》だ。

爆発の位置や加減を間違えて、自分の手足を吹っ飛ばすなんてことをやりかねない。

「そうね。今のエリノラの技術では難しい技だわ」

「そ、そうなの。アルは平気な顔でよくやれるわね」

「魔法の扱いには慣れてるからね」

「その後に土魔法で拘束されたのは油断ね。魔法使いは常に相手の先を読んで攻撃を組み上げてくるわ。相手の魔法が一回で終わるとは思わないこと。むしろ、二回目、三回目が本命よ」

「剣術と同じだ」

今度はピンとくるようなものがあったらしく、エリノラ姉さんが真面目に頷いている。

一回の魔法で仕留められたら一番だけど、そうはいかないことの方が多いからね。

いくつもの魔法を並行して走らせてじわじわと追い詰めることが多いだろう。

剣術も同じで余程実力差が無い限り、一合で決着がつくということはない。

「ちなみにどうしてアルが水球に油を混ぜたと思う？」

「えっと、油で木剣を持てないようにするため？」

「それもあるけど、もう一つの意味があるわ」

さすがはエルナ母さん。俺のもう一手に気付いていたようだ。

「……水をかけて寒さ攻めにする？」

「違うわ」

頭を横に振るエルナ母さん。

エリノラ姉さんはしばらく一人で考え込むが、わからないらしい。

「ヒントは周囲に浮かべている火球」

「もしかして、あたしを引火させて燃やす気だったの⁉　卑怯よ！　あれは暖をとるために設置しただけでしょ⁉」

「戦う前の準備として撒《ま》いておいたんだよ。いざとなったら不意打ちできるし」

「アル、性格悪っ！」

「魔法使いの出す魔法を警戒しないエリノラ姉さんが間抜けなんだよ」

己の魔力が付与されたものは全てが武器となる。

それを理解していないエリノラ姉さんが悪い。

「まさか、ここまで考えて魔法を使ってるなんて……」

「ここまで腹黒い魔法使いは早々いないけど、そう考えて対処すべきなのよ」

賢いって言ってほしい。

というか、水に油を混ぜるやり方はエルナ母さんが教えてくれたのに……。

「さて、全体を振り返ったわけだけど、立ち合いの中で一番悪い点が残っているわ」

「ええ？　今言われたこと以外に？」

エルナ母さんに言われて考え込むエリノラ姉さん。

「エリノラ姉さんには俺の魔法をかけたままだよね？」

「ええ、グラビティってやつでしょ」

「平然と答えてるけど、その状態は喉元に刃を突きつけられてるのと同じだよ」

重力を上げるのも下げるのもこちらのさじ加減。

既にかかっているために魔法を付与するモーションも必要ない。

そこにある魔力を増大させるだけなのでエリノラ姉さんでも躱すことができない。

「あっ、だから試合前に母さんが声かけてきたんだ」

「そういうこと」

試合前の小さな出来事を思い出し、エルナ母さんが頷く。

「気付いてない時点でエリノラ姉さんの負けは確定だったんだよね」

「ええー、なにそれ。魔法ってズルい」

「それは単にエリノラが知らないからそう思うだけよ。きちんと魔法について勉強し、相手がどんな風に攻めてくるか理解できたら、今回みたいなことにならないと思わない？」

「……確かにそれはそうかも。あたし、魔法の勉強なんて難しくて嫌いだったけど、ちゃんと知らないとこんなにも簡単に負けるんだ」

今回の立ち合いとエルナ母さんの言葉に思うところがあったのか、エリノラ姉さんが素直に反省している。

「ええ、わかってくれて嬉しいわ。魔法使いに負けないためにも、エリノラの火魔法を剣術に応用するためにもしっかり勉強していきましょう」

「うん、あたし頑張る！　母さん、早速これから魔法について教えてくれる？」

「ええ、勿論よ。その前に一度お風呂に入ってきなさい。暖かいとはいえ、いつまでも水と油まみれじゃ風邪《かぜ》を引いちゃうわ」

エルナ母さんに送り出されて、屋敷へと戻っていくエリノラ姉さん。

魔法に対する意識も変わり、随分と勉強に意欲的になっている。

勉強をやりたがるエリノラ姉さんとか、違和感しかない。

「……エリノラ姉さんが素直になった」

「エリノラは戦いに関することならどこまでも素直でストイックになれる子よ？　魔法を学ぶことも、戦闘において大事だということがわかれば前に進めるわ」

呆然《ぼうぜん》と呟くと隣にいるエルナ母さんがクスリと笑った。

さすがは母親だけあって、エリノラ姉さんのことをよく理解していらっしゃる。

「まあ、普通の魔法使いは、無詠唱で何種類もの属性を並行して使ってこないけどね」

そうかもしれないが、侮るよりも警戒する方がエリノラ姉さんにとってもいいだろう。

「今日はエリノラのためにありがとうね、アル」

「別にエリノラ姉さんのためだけじゃないよ。これでしばらく大人しくなるなら俺にとっても有益だし」

そんな風に答えると、何故《なぜ》かエルナ母さんが微笑《ほほえ》む。

なんだかすごく生温かい眼差《まなざ》しを向けられている気がする。

とにかく、魔法の重要性に気付いたエリノラ姉さんだ。

しばらくは意欲的に取り組んで頑張ってくれるだろう。

その間に俺は悠々とスローライフを謳歌《おうか》すればいい。

「エリノラが勉強で困っていたら、それとなく力を貸してあげてね。あと息抜きの方も……」

「前者はともかく、後者はちょっと……」

心身のケアは俺にはハードルが高いよ。

また廊下で急に押し倒されたりしないことを祈ろう。

シューゲル＝ミスフィードは立ち上がる

私の名はシューゲル＝ミスフィード。

王立魔法学園で学園長をやっており、ミスフィリト王国を建国期から支えてきた公爵家の当主だ。

今日は学園の仕事を持ち帰って屋敷で仕事しているのだが、遅々《ちち》として進まない。

理由はわかっている。そろそろ我が愛しの天使が王都へ帰ってくる頃合いだからだ。

本来ならばもっと早くに帰ってこられるはずだが、同行しているアレイシアの寄り道のせいで帰還が遅れに遅れているようだ。

途中で豪雪に見舞われたということであれば仕方がないが、手紙の内容を見る限りどうもわざと遅滞させているように思えた。

お陰で私は二か月ほどラーナに会えていない。

ラーナとこれほど長い間会えないというのは初めてだ。あの無邪気な笑顔が見たくて堪らない。

「あの赤髪の悪魔がやってこなければ、あのような場所に行かせるようなことはなかったというのに！」

娘を連れていくと交渉――いや、脅しにきた時のあの顔を思い出す度に腹が立つ。

これに関しては仕方がない。自分が蒔《ま》いた種だ。

今後は隙を見せないようにするしかないだろう。

「……あなた、酷い顔をしていますよ」

ぐぬぬぬと唸《うな》っていると執務室に入ってきた妻のフローリアが呆《あき》れた顔をしていた。

いつの間に入ってきたのやら。

「ラーナが……ラーナ成分が足りないんだ。私にはあの天使の笑顔が必要だ」

私の嘆きの言葉にフローリアがため息を吐きつつも告げた。

「……ラーナなら、つい先ほど帰ってきましたよ」

「本当か！　今行く！」

「待ちなさい。そのような乱れた姿で久し振りの娘に顔を合わすのですか？」

「むっ！」

思い起こされる悲劇。

ラーナに抱き着いて頬ずりした瞬間に言われた「ジョリジョリ嫌い」という無残な言葉。

あれを繰り返してはならない。

ラーナのところまですっ飛んでいきたい気持ちを抑え、威厳ある父であることを示すために身なりを整えねばならない。

私はすぐに使用人を呼びつけて、身なりを整えさせた。

居住まいを正し、肌や髪の毛をチェックしたところで、私はラーナのところに向かう。

「ラーナ！　よく帰ってきた！」

愛しの天使を目視した瞬間、私は身体強化を使って駆け出してラーナに抱き着いていた。

「パパ、ただいま！」

私が抱き着いても全く嫌がる素振りを見せず、天使の笑みを浮かべてくれるラーナ。

ああ、この笑顔が見たかったんだ。

「……パパ、ラーナが苦しそう」

抱擁している私を見て、シェルカがドン引きした様子で言う。

思春期を迎えたせいかシェルカはここのところ私に辛辣だ。

昔はシェルカの方から抱き着いてくれたというのに、今ではこんな冷たい態度。

「そんなことはない！　私はちゃんと加減をしている！　なあ、ラーナ？」

「うん、痛くないよ！　ジョリジョリも生えてないし」

無邪気な笑みを浮かべながら小さな手で私の顎を触ってくるラーナ。

これを天使と言わずとして、誰が天使か。

フローリアに言われてきちんと身なりを整えて正解だった。

あのまま慌てて抱き着いていれば、悲劇が再び起こっていたであろうことは間違いない。

「それにしてもよく帰ってきた。長い間パパと会えなくて寂しかっただろう？」

「全然！　アレイシアもリムもロレッタもいたから！」

「……そ、そうか」

寂しかったと言われなかったのはショックだが、それは娘が成長した証だ。

でも、本音としては早くパパに会いたかったなんて言葉が欲しかった。

「ねえ、ラーナ。スロウレット領はどうだった？　アルフリートに変なことされなかった？」

「ふむ、それは私も気になるな」

ドラゴンスレイヤーの息子であり、ラーナが親しみを寄せている少年の領地。

そこでどのように過ごしていたのか非常に気になる。

シェルカもラーナのことを案じているのか、とても心配そうな表情だ。

「すごく楽しかったよ！　えっとね、アルの領地はすごく緑が豊かで、川の水も綺麗《きれい》でね！」

私たちの心配をよそに実に楽しげな表情で語り始めるラーナ。

まだ四歳児であるが故に語る順序や時系列がバラバラであったが、娘が心から旅路を楽しんだ様子が感じられた。

そうだな。お供にはロレッタをはじめとする使用人もいたし、アレイシアもいたのだ。

男の友人の屋敷とはいえ、間違いなど起こるはずもない。

「それでね、アルと結婚して子供ができたんだ」

「「……………は？」」

ラーナの話を聞いていた私とシェルカの時が止まった。

うちの天使が結婚？　誰と？

子供ができた？　誰の？

考えただけで世界が真っ白になる。

さっきまでアレイシアやアルフリートとかという小僧とけん玉なる玩具で遊んでいたはずだ。

そこからどうしてそのようになるのか理解ができない。

「ちょちょちょっと、ラーナ！　誰と結婚したっていうの⁉」

「アルだよ？」

「け、けけけ、結婚って、意味わかってるの⁉」

「夫婦になって人生を共に歩むことだよね？　私知ってるよ」

顔を赤くしながらシェルカが問いかけるが、ラーナは平然としている。

何を当たり前のことを聞いているんだというような態度。

……ま、まさか、うちの天使は本当に大人の階段を上ってしまったというのか。

「そんなに驚くこと？　子供はできたけど、遊びだよ？」

「遊び⁉　遊びで子供ができたの⁉」

「うん、遊びだよ？」

「えええええええええええっ！」

さらに判明していく驚愕《きょうがく》の事実。

きょとんとしながら答えるラーナの言葉にシェルカがソファーでひっくり返る。

「私の天使が汚《けが》されてしまったああああああああああ！」

娘の身に起こってしまった悲劇。

このようなことになるなら、脅されたとしても娘を外に出すべきではなかったのだ。

これはミスフィード家始まって以来の大事件だ。

「ラーナを汚した相手はスロウレット家のアルフリートと言ったな？」

「え、ええ。そうよ、パパ」

「よし、スロウレットを潰そう。私の天使を汚した罪を贖《あがな》ってもらう」

人間大きなショックを受けると意外と頭が冴《さ》えるものだ。

今の私の頭は驚くほどにクリアだ。

王国の英雄、ドラゴンスレイヤーが相手だろうと知ったことか。

我がミスフィード家の魔道の力を持ってして、全力で捻《ひね》り潰してやろう。

勿論、アルフリートとかいうクソガキは粉微塵《こなみじん》だ。

報いを受けさせるために、私は動き出すことにした。

受け取っちゃダメな手紙

I want to enjoy slow Living

今日は冬にしては比較的暖かい。

窓から心地よい太陽の光が差し込み、風もまったく吹いていない。

これなら快適に外で散歩ができるんじゃないだろうか。

ここのところ屋敷でゴロゴロしてばかりだったので、軽く運動するにはとてもいい日和《ひより》だろう。

健康的な日常を送るにも適度な運動は必要だ。

のんびりと散歩することを決めた俺は、上着を羽織って部屋を出る。

階段を下りていると、珍しく来客があったらしく玄関の方から人の気配がした。

覗き込んでみると、トリエラ商会の商会長であるトリーがおり、ミーナやサーラ、バルトロをはじめとする使用人が応対していた。

「あっ！　お久し振りっす、アルフリート様！」

トリーは俺に気付いたのか、いつもと変わらぬ軽い口調で挨拶をする。

「久し振り。元気そうだね？」

「はい、アルフリート様によくして頂いているお陰で忙しく、好調にやらせてもらってるっす！」

その明るい表情や口ぶりから商売の方は繁盛しているようだ。

まあ、リバーシやスパゲッティ、卓球などの利権で入ってくるお金の大きさでわかっていたけどね。

商会が大きくなり、カグラなどの他国に行き来するようになって更に忙しくなったはずだが、それでもここに直接顔を出してくれるのは嬉しい。

「今日はいつもの納品？」

「はいっす！　カグラの醤油《しょうゆ》や味噌《みそ》、お米なんかも持ってきてるっすよ！」

「おお、それはありがたいや。最近は味噌の消費が凄《すご》かったもんね」

「寒いと温かい味噌汁が飲みたくなりますから」

俺の呟きにサーラが微笑みながら返事する。

特にサーラは味噌汁が大好きで屋敷のまかないだけでなく、実家でも作るほどハマっているらしい。

和風美人も相まってか味噌汁を作る彼女の姿は非常に映える。

「お米もたくさんありますね。これで心置きなくハンバーグが食べられます」

納品書を眺めるミーナもご機嫌だ。

お米がなくても彼女はハンバーグを食べるのだが、最早《もはや》誰も突っ込まない。

それにしても今やカグラの食材はスロウレット家に欠かせない食材になっているな。

最初は俺が楽しめればいいや程度に考えていたが、思っていた以上に家族の皆も気に入ったようだ。

「品目はこれで問題なさそうっすかね？」

「ああ、問題ねえな」

「では、最終確認をしてからサインをお願いするっす」

「わかった。見に行くぜ」

トリーにそう言われると、バルトロ、サーラ、ミーナは運び込まれた品目を確認するために食糧庫に移動した。

玄関に残ったのは俺とトリー。

なんだか嫌な予感がする。

もしかして、エリノラ姉さんが傍にいるのだろうか？　などと思って視線を巡らせるが周囲に気配はない。

しかし、俺の中の第六感が激しく警鐘を鳴らしていた。このままではマズいと。

だけど、俺には何がマズいのかわからない。わからないと対処のしようがない。

「アルフリート様、少しいいっすか？　実は頼まれていた手紙が――」

トリーが懐から手紙を取り出そうとする。

ちらりと見える手紙は、かなり上質そうな紙で、見たこともない紋章がついている。

差出人は多分、貴族。

これだ！　俺の中で警鐘を鳴らしているものの正体は！

あれは受け取っちゃダメな手紙だ。

俺はトリーの右腕の服にサイキックを発動。手紙は懐から中途半端に出た状態でトリーの右腕がピッタリと止まった。

「あ、あれ？　右腕が動かないっす⁉　アルフリート様の魔法っすか⁉」

人体にはサイキックは作用しない。しかし、身に纏っている衣服は別だ。

衣服にサイキックをかけてやれば、このように強引ではあるが相手をある程度動かすことができる。

もっとも服が千切れるのもお構いなしに動けば無意味だが、トリーにはそんなパワーも度胸もないはずだ。

「うわわわわ！　勝手に腕が動くっす⁉」

戸惑いの声を上げるトリーを無視して、俺はそのままサイキックを使って腕を動かす。

取り出した手紙を懐に無理矢理戻させるのだ。

「んん？　なにがあるって？」

「いや、だから手紙が――」

「どこにあるの？」

「うわっ！　卑怯っす！　魔法で無理矢理しまわせて見ないことにするつもりっすね⁉」

俺の意図を悟ったトリーが叫び声を上げたが、もう遅い。

このままサイキックでトリーには回れ右をしてもらい、馬車に入って王都に戻ってもらおう。

「俺は何も見ていないし、受け取っていない。そうだね？　トリー？」

「それじゃ俺が困るので勘弁してほしいっす！」

今や王都でも勢いのある大商会の仲間入りを果たしたトリー。

そんな彼に手紙の配達を頼めるなんてかなりの大貴族だろう。これは増々《ますます》受け取るべき手紙ではない。

「トリーにはこのまま帰ってもらうよ――いたっ！」

笑みを浮かべながらトリーを操作していると、後頭部をデコピンされた。

「なにをしてるのよ」

思わず振り返ると、そこには呆れた顔をしたエルナ母さんがいた。

「別に。ちょっとじゃれていただけ――」

「エルナ様！　アルフリート様宛に手紙があるんですけど受け取ってくれないんす！　助けてください！」

人の会話を遮って助けを求めるなんて失礼な奴だ。

「あなた宛ての手紙なんだからちゃんと受け取りなさい」

「だって嫌な予感がするんだもん。というか、エルナ母さんだって、たまに手紙を無視するよね？」

俺は知っている。スロウレット家にやってくる手紙のいくつかをエルナ母さんが読まずに捨てているのを。

「あれはパーティーの招待状だからいいの」

「じゃあ、俺も招待状とかだったら無視してもいい？」

俺がそんな問いかけをすると、エルナ母さんはむむっとしたような顔をして考え込む。

「……相手によるわね。アルに手紙を出した相手は誰なの？」

「ミスフィード家のご当主、シューゲル＝ミスフィード様っす！」

一瞬、誰？　という思考がよぎったが、ミスフィードという家名を聞いてなんとか理解した。

「ええ？　ラーちゃんのお父さん？」

「私でも無視できない相手ね。ちゃんと受け取って読みなさい」

「ええー」などと声を上げて抵抗するが、エルナ母さんが威圧感のこもった視線を向けてくるので素直に従うほかない。

ミスフィード家といえば、公爵家だ。

男爵家のうちではどうやっても太刀打《たちう》ちすることができない。

仕方なく俺はトリーへの魔法を解いて手紙を受け取る。

「一体何の手紙なんだろう……」

恐々としながら手紙の封を解いていく。

「収穫祭の時にラーナ様が遊びにいらっしゃったから、そのお礼とかじゃないかしら？」

「そういうのは普通当主であるノルド父さんに渡さない？」

「多分、ノルドにもくるでしょう。ラーナ様と特に親しくしていたのはアルだし、個人的なものと分けたのかもね」

そういう形式的なものは大人だけでやってほしいが、特に俺がラーちゃんの面倒を見ていたのは事実だ。個人的にお礼の言葉を綴《つづ》ってくれたのかもしれない。

さすがはラーちゃんのパパ。ラーちゃんやシェルカの口から、時折不穏な情報が洩《も》れてはいたが天使な彼女の父親だけあってとても人柄がいいのだろう。

手紙のおおよその内容の予想ができた俺は、ホッとした気持ちになって手紙を読む。

『よくもうちの天使に手を出してくれたな。殺してやる、クソガキ』

「うわわっ！」

あまりにもストレートな怒りの文字が目に入り、俺は思わず叫び声を上げてしまう。

おどろおどろしい文字を見ると、呪いの手紙かなって思ってしまう。

恐怖で身がすくみそうになるが、状況を把握するために堪えて手紙を読んでいく。

内容を要約すると、どうやら俺が遊びでラーちゃんと子供をつくったと書いており、パパであるシューゲルさんは大層ご立腹というか、殺意をみなぎらせているようだ。

え？　なんで？　どうやって？

ラーちゃんはアレイシアとロレッタと共に収穫祭で遊びにやってきただけで、俺と結婚して子を宿したなんて事実はないんだけど？

「……顔色が悪いけど、どうかしたの？」

俺の口から説明したくなかったので、俺はエルナ母さんに手紙を渡す。

「ラーナ様に手を――え⁉　お腹にアルの子が⁉」

「手紙！　確かに渡したっすからね！　俺は何も聞いていないっすから！」

エルナ母さんの戸惑いの声を聞いて、トリーは耳を塞ぎながら玄関を飛び出て行った。

あいつ、自分が面倒な話に巻き込まれそうになった瞬間に逃げ出しやがった。

玄関では酷く真剣な様子で手紙を読み進めるエルナ母さんと立ち尽くす俺だけが残った。

「じゃあ、俺は散歩に行ってくるよ――ぐえっ！」

しれっと離れようとすると、エルナ母さんが手紙を読みながらむんずと襟首を掴《つか》んだ。

エルナ母さんは一通り、手紙を読み終わると冷静に一言。

「家族会議ね」

◆

冬にしては暖かい穏やかな今日。

柔らかな日差しに当たりながら家族で団欒《だんらん》――ということにはならず、リビングには妙な空気が漂っていた。

ラーちゃんのパパから俺に送られてきた手紙のせいである。

「ねえ、誰からの手紙なの？」

訳もわからず招集されたエリノラ姉さんが眉をひそめながら尋ねてくる。

「ラーちゃんのお父さんからだよ」

「それって収穫祭の時に遊びにきた子よね？　それでどうして家族会議になるわけ？」

「相手が変なことを言ってきたから……かな？」

「もしかして、うちに泊まりにきた時に何か気に入らないことがあったとか？」

同じく理由を知らないシルヴィオ兄さんが不思議そうに尋ねてくる。

そうであったらどれだけ良かったことか。それだったら適当に頭を下げて謝るだけで解決できただろうに。

「当たっているけど遠いような感じかな」

「なによそれ？　具体的に言いなさいよ」

曖昧な返答をする俺にエリノラ姉さんがやや苛立《いらだ》った様子で言ってくる。

「やだよ、俺の口から言いたくない」

そんな事実はないのは当然だが、俺の口からは言いたくなかった。

「ねえ、母さん」

「……先方の言い分ではラーナ様がアルの子を宿したようよ？」

「「え？」」

エルナ母さんの端的な説明にエリノラ姉さんとシルヴィオ兄さんが間抜けな声を上げた。

「そ、そそ、そういうことなのアル？」

あまりにも言葉のインパクトが強すぎたせいでエリノラ姉さんの正常な判断力が失われたよう

だ。

「落ち着いてエリノラ姉さん。四歳の少女が子を宿すなんて、人間の身体構造上不可能だよ」

「あっ！　それもそうね！　からかっただけよ！」

俺が冷静に諭《さと》してあげると、エリノラ姉さんは強がった言葉を言う。

思いっきり「あっ！」とか我に返る声が聞こえたけどね。

それにしても、少し時間を置いて冷静になった今なら思う。

ラーちゃんのパパの頭は大丈夫なのだろうか？

七歳児と四歳児がそういうことをするはずがないじゃないか。

ましてや、子供なんて宿せるはずがない。

全員が大体の状況を把握したところで、それまで黙っていたノルド父さんが大きく息を吐いて、手紙をテーブルにそっと置いた。

「手紙に書いてあるようなことはしてないよ？」

「わかってる。アルがそんなことをするような子じゃないって知っているからね」

「私たちは疑ったりしないわ」

「ノルド父さん、エルナ母さん……ッ！」

なんていい両親なのだろう。物理的に不可能とはいえ、まったく疑うことがない二人の様子に、俺は二人の子供で良かったたと改めて思う。

「僕もアルがそんなことをしたなんて思ってないからね？」

「シルヴィオ兄さん」

「ふん、へたれなアルにそんなことできるわけないしね」

慌てながら「そ、そういうことなの？」とか聞いてきた癖に……。

まあ、今回はきっちり信頼を言葉にしてくれたので、許してあげることにしよう。

「問題はシューゲル様が、どうしてこのような勘違いをしたかだね」

「結婚に子を宿したって……どういう経緯があれば、そんな勘違いをするのかしら？」

そういえば、王都の交流会でもそんな勘違い事件があった気がする。

間接キスをキスの中にカウントしてシェルカに詰め寄られた時だ。

今回もそれと同じような匂いがする。

「……アル、心当たりはあるかい？」

「うーん」

ラーちゃんが遊びにきた時に、そんな紛らわしい単語が出てくるようなことなんて……。

「あっ、人生ゲームで遊んだ時だ」

「『人生ゲーム？』」

思い出したように言うと、ノルド父さんとエルナ母さんが首を傾げながら言った。

俺はそれに答えることなく、自分の部屋に戻って押し入れの中にある人生ゲームセットを取り出し、リビングに戻ってきた。

「それはなんだい？」

「収穫祭の時にラーちゃんとエリックとブラムとアレイシアで遊んだ玩具だよ」

人生ゲームセットをテーブルに広げると、エリノラ姉さんとシルヴィオ兄さんが興味津々な様子で覗き込む。

「また新しい玩具を作っていたのね。それで今回の勘違いとどんな関係があるの？」

尋ねてくるエルナ母さんに、俺は人生ゲームの遊び方や誤解する原因となった出来事を話す。

「なるほど。その遊びの中でアルとラーナ様は結婚して、子供ができたってわけだね？」

「うん。多分、それをそのまま報告してシューゲルさんが勘違いしたんじゃないかな」

「確かに言葉にすれば、結婚して子供ができた事になるわね。人生ゲームの中でってことが抜けているけど……」

真剣な様子で聞いていたノルド父さんとエルナ母さんが疲れたように息を吐いた。

誤解の原因がわかってしまえば、本当にしょうもない。

「次、シルヴィオの番よ。ルーレットを回しなさい」

「待って。今、お金を数えてるから」

エリノラ姉さんとシルヴィオ兄さんは既に事件ではなくなったことで興味を失くしたのか、人生ゲームで遊ぶほどの自由っぷりだった。

既に家族で集まって会議をする意義すらないからね。

幼いラーちゃんのことだ。きっと報告が言葉足らずだったのだろう。

手紙の文面からシューゲルさんがラーちゃんを溺愛していることはすぐにわかった。

ラーちゃんからの電撃報告に頭が真っ白に――いや、真っ赤になってこのような脅迫めいた手紙を出してしまったんだろうな。

ラーちゃんは姉であるシェルカだけでなく、父親からも大変愛されているようだ。

「ところで、これからどうする？」

まだシューゲルさんとラーちゃんに問いただしたわけではないので確定はできないが、十中八九人生ゲームが勘違いの原因だ。

どう動くべきか尋ねてみると、ノルド父さんが渋い顔をして口を開いた。

「ミスフィード家のお屋敷に行くしかないだろうね」

ミスフィード家は領地を持っているが、基本的に過ごしているのは王都だと聞いた。

となると、俺たちはわざわざ王都に行かなければいけないことになる。

「えー、でも絶対にただの勘違いというか、相手の早とちりだよ？」

「そうかもしれないけど、相手が相手だからきっちりと話をつけておかないと。下手に放置しておくのもマズいし、暴走されるのも怖いだろう？」

「た、確かにそれはそうかも」

こちらに非がないとはいえ、事件内容があれなのできっちりと話し合っておく必要があるだろう。

それに相手は公爵家。それも建国時代から国を支えたという由緒正しき貴族家。

男爵家であるうちが訪問する他ない。

七歳児に殺害予告めいた手紙を出してくる相手だ。

勘違いしたまま本当に闇討ちでもされたら死んでも死にきれない。

こちとら既に過労で一回死んでいるのだ。

せっかく頂いた第二の人生、満足なスローライフを送らないまま死ぬわけにはいかない。

王都に行くしかないのかぁ。面倒くさいが仕方がないな。

「出発はいつにする？」

「今からだよ」

「ええっ⁉　今から⁉」

王都に行く心の覚悟はできていたが、まさか今からとは思いもしなかった。

早くて明日の昼とかだと思った。

「仕事とか大丈夫なの？」

「冬の間は領主の仕事も少ないから問題ないよ。できれば、エルナも来てほしいんだけど」

「そうね。ちょうど父さんが顔を見せに来いって言っていたし行きましょうか。エリノラとシルヴィオもくる？」

「「行かない」」

エルナ母さんが尋ねると、エリノラ姉さんとシルヴィオ兄さんは揃《そろ》って首を横に振った。

今回ばかりは二人にも来てほしい。お偉いさんの屋敷に行けば、当然見目麗しい二人に注目が向かう。

俺への注目を下げる意味でも、二人には防波堤になってもらう必要があるんだ。

「なんで？　王都に行きたくないの？」

「あんたの口から漏れている言葉を聞いて、絶対に行きたくなくなったわ」

「うん、防波堤にはなりたくないから」

ジットリとした視線を向けてくるエリノラ姉さんと苦笑いするシルヴィオ兄さん。

くそ！　またしても口から出てしまったか！

片道だけで一週間はかかる馬車の旅だ。行きたくないと思うのは当然か。

転移で行くならまだしも、こんな寒い時期に馬車でなんて行きたくない。

「まあ、エリノラは春から王都で暮らすことになるんだし、今向かう必要もないわね。お祖父《じい》ちゃんとも存分に会えるでしょうし」

「シルヴィオはこの時期は体調をよく崩すから、無理に連れていくのも可哀想《かわいそう》だしね」

エルナ母さんとノルド父さんが優しい。

これは流れに乗れば、俺も王都行きを辞退できるのでは？

「ノルド父さん、俺もこの時期は体調を崩しやすいんだ。それに最近はいつもより寝つきも悪いし――」

「さて、そうと決まったら準備をしよう。天気がいいうちに出発したいからね」

俺の申し出を遮り、ノルド父さんはパンと手を叩いて立ち上がり、エルナ母さんも同じく立ち上がった。

「あっ、また一回休み！　なんでよ！」

「いや、僕に言われても、それがルールだから」

リビングでは呑気《のんき》に人生ゲームを楽しむ、姉と兄だけが残った。

アルの進路相談

I want to enjoy slow Living

ラーちゃんのパパと平和的な話し合いをするために、急遽《きゅうきょ》王都に向かうことになった。

向かうのはノルド父さん、エルナ母さん、俺。

メイドのミーナとサーラが同行し、御者としてロウさんが付いてきてくれる。

スロウレット家が旅に出る時の安定の面子《メンツ》だ。

バルトロやメルといった使用人たちが、旅に必要なものを馬車に積み込んでくれる。

バタバタしてはいるが、旅の準備をすることも慣れてきたようで前に比べれば動きが随分とスムーズだ。

「アルフリート様は準備がお早いですね」

「坊主は、外に出た経験はそこまで多くねえはずだが、妙に旅慣れた感じがするんだよな」

「わかります。いつも落ち着いていてらっしゃいますよね」

「そうかな？」

ぼんやりと眺めていると、ミーナ、バルトロ、サーラがそう言ってきた。

まあ、皆と旅に出る経験は少ないけど、こっそりと転移で旅行しているからね。

「私なんて必要な物を忘れていないか、足りないものはないかって何度も確認しちゃいますよ」

「それで馬車に乗って出発してから『あっ！』って思い出すんだろ？」

「ちょっと！　なんでそのことをバルトロさんが知ってるんですか⁉　さては、サーラですね⁉」

「……先輩、手が止まっていますよ。早く荷物を積み込んでください」

「もー！」

ミーナが不満げな声を上げて、バルトロとサーラがクスクスと笑う。

俺には空間魔法がある。

足りないものは亜空間からこっそりと取り出せるので、忘れ物やもしもを心配する必要は全くない。そのせいで俺は妙に旅慣れて、どっしり構えているように見えるのだろうな。

暇だからと言って、あまりミーナたちに声をかけ続けては作業が進まないだろう。

俺は準備を終えたらしいノルド父さんに話しかける。

「今回はルンバとゲイツはこないの？」

「ああ、一応声をかけてみたけど断られたよ」

「なんで？」

ルンバとゲイツは物理的な意味だけでなく、交流的な意味でも顔が広い。

王都に向かうとなれば、前回のように知り合いに会うために付いてきそうだが、何か理由があるのだろうか？

「領主である僕が不在の間、コリアット村をしっかり守りたいんだって」

……コリアット村を守る？　ただでさえ魔物の出没率が低い平和な村だっていうのに、二人が残る必要があるだろうか？　屋敷にはエリノラ姉さんだっている。別に二人が残って、張り切って守る必要はない。明らかに過剰戦力だ。

「あの二人がそんな殊勝な理由で辞退するなんておかしい」

「うん。おかしいね。だから、本当の理由を聞こうと問い詰めたら、単純に寒いから嫌だってごねられたよ」

「……そんなことだと思った」

前回は気温が暖かな春の旅だった。寒さの厳しい冬の旅をしたくないんだろう。

それにコリアット村の居心地の良さを知ると、外出したくなくなる気持ちは痛いほどにわかるので二人を責めることはできない。

「エルナ様、パーティー用のドレスはどうされますか？」

「必要ないわ。今回の旅は、ミスフィード家への訪問と、実家の滞在だけだもの」

「しかし王都に着けば、他の貴族の方からパーティーに誘われるのでは？」

さすがはできるメイドのサーラ。

主の不測の事態に備えて提言している。

「だからこそよ。ドレスがないので遠慮しますって言えば、堂々とパーティーの招待を辞退できるわ」

そんなエルナ母さんの返事に俺は脱帽した。

「エルナ母さん！　賢い！」

「でしょう？　さすがに誘った相手もじゃあドレスを用意しますね。なんて言えるほどの熱意はないもの。体面を傷つけずにパーティーを断るのは得意よ」

「貴族の嗜《たしな》みってやつだね」

やっぱりエルナ母さんは天才だ。

そんな方法で体よくパーティーを回避できるだなんて思わなかった。

伊達《だて》に交流会があるのに「ドレスを忘れちゃった作戦」を企ててはいない。

まあ、前回はノルド父さんによって未然に防がれたんだけど。

「念のために正装とか靴とか用意していたけど、俺も置いてくことにする」

「ええ、そうしなさい」

エルナ母さんの許しを得て、俺は馬車に積み込んだ不要な荷物をバルトロに預けた。

ノルド父さんがこめかみの辺りを指で押さえ、頭が痛そうな顔をしているが気にしない。

王都に行く目的はあくまでミスフィード家との対談。

それ以外の用事はスケジュールに組み込んでいないのだ。

そんなわけで一部の不必要品を降ろすと、俺たちの出発準備は整った。

屋敷の玄関には手伝ってくれたバルトロ、メルだけでなく、エリノラ姉さん、シルヴィオ兄さんも見送りに出てきてくれた。

シルヴィオ兄さんはかなり上着を着こんでいるが、エリノラ姉さんは部屋着そのままだ。

寒くないいんだろうか？　いや、エリノラ姉さんだから寒くないいんだろうな。

「人生ゲーム返して」

「ええっ？　嫌よ。冬はあれで屋敷の皆で遊ぶんだから」

どうやら既にそのようなスケジュールが立っているらしい。

「ラーちゃんのパパに説明するために現物が必要だから。代わりにもっと作り込んだ奴が机の引き出しに入ってるよ」

「それなら早く言いなさいよ」

そのように説明すると、エリノラ姉さんは急いでリビングに戻って人生ゲームを持ってきた。

かさばるので亜空間に収納したいが、ミーナに包んでもらうしかない。

ばらけないようにミーナに頼んで木箱に収納してもらう。

作業を見守っていると、エリノラ姉さんがちょいちょいと袖を引っ張ってくる。

「なに？」

歩み寄ると、エリノラ姉さんが俺の手を取って何かを持たせた。

すぐさま手の平を確認すると、そこには金貨が三枚載っていた。

「やった！　お小遣いだ！」

可愛い弟が王都で苦労せず、楽しめるようにとの配慮か！　と思ったのだが、ベシッと腕をチョップされた。

「違うわよ。あたしのお小遣いをちょっと出してあげるから、カレーに必要なスパイスを買ってきて」

ドンと胸を張りながら言うエリノラ姉さん。

なんだ。ただのお使いか。優しさを期待した俺がバカだった。思わず深くため息を吐く。

「なによ？」

「……これっぽっちで足りるわけないじゃん」

「嘘《うそ》つくのはやめなさい。金貨三枚よ？」

「いや、カレーに必要な香辛料を揃えるには、白金貨一枚はいるから」

「白金貨一枚ですって……!?」

これじゃ一種類の香辛料も満足に買えない。

「なに初めて聞いたみたいな反応してるのさ。ラズールの香辛料は高額だって、前に説明したじゃん」

「そんな説明聞いてないわ」

あくまですっとぼけるつもりかと思っていると、シルヴィオ兄さんが袖を引っ張る。

「……アル。説明をしたのはグラビティ事件の日だよ」

はっ、そういえばあの時は、具合が悪いとか思い込んでいたらしく、リビングにいなかったんだった。香辛料が高いという説明を聞いていないのも仕方がないか。

「コホン……そういうわけで、たったの金貨三枚じゃ足りないから。出す気があるなら金貨二十枚くらい出して」

「そんな大金持ってるわけないでしょ？」

「ええ、ないの⁉　普段お金を何に使ってるのさ？」

俺よりも六歳も年上なのに、どうしてこんなにも懐が寂しいんだ。

「あはは、僕たちはアルみたいに自分で稼いでいるわけじゃないから」

それもそうか。俺はスパゲッティやリバーシ、コマといった玩具を商品化し、トリーに売ってもらうことで稼いでいる。

二人よりもお金をたくさん持ってるのは当然のことか。

年上だから無意識に俺よりお金を持っていると思い込んでしまっていた。

エルナ母さんとノルド父さんも、お金があるからといって不必要に二人に配分しているわけではないみたいだ。

「うん？　シルヴィオ兄さんはともかく、エリノラ姉さんは魔物退治してるし、ある程度持っているよね？」

「素材はあっても、ここじゃそこまでお金にならないわよ」

それもそうか。コリアット村では物々交換が主流だ。

ここ最近で大分賑《にぎ》わったとはいえ、高価な魔物の素材など売れないのだろう。売れるには売れるが価値がない。

「後は武具と食べ物に消えちゃうからね」

「余計な一言はアルのはじまりよ」

補足説明をしたシルヴィオ兄さんを肘で小突くエリノラ姉さん。

変なことわざみたいなのを作らないでほしい。変に広まりそうで怖いから。

「全然足りてないけど、受け取っておくよ」

「やっぱり返して」

「いいけど帰ってきてカレーを作っても分けないよ？」

そう脅しをかけるとエリノラ姉さんは「うぐっ」とうめき声を漏らして黙り込んだ。

足りてないけど、お金はたくさんあって損はない。

「僕も頼んでいいかい？　王都にある新しい本や面白そうな本が欲しいんだ」

そう言って、シルヴィオ兄さんが金貨八枚を渡してきた。

「ちょっ！　なんでシルヴィオがそんな大金持ってるのよ⁉」

「シルヴィオは僕の仕事を手伝ってくれているからね。お小遣いが多いのも当然さ」

何の稼ぎもないかのように思えたが、シルヴィオ兄さんも自分にできる範囲でお金を増やしていたみたいだ。どこかの姉と違って堅実な稼ぎ方だ。

「エリノラも手伝ってくれれば、もっとお小遣いをあげるよ？」

「えっ、いや。それはいいかな……」

にっこりと笑って提案をするノルド父さんと、顔を引きつらせて一歩下がるエリノラ姉さん。

領主の仕事には税収の計算やら書類作成などとエリノラ姉さんの苦手そうな仕事がいっぱい

だ。稼ぎは良くても彼女には堪えられないだろう。

「人生ゲームも積み終わりました！」

「準備も整ったことだし出発しよう」

ミーナの声を聞き、ノルド父さんが宣言したことで俺たちは馬車に乗り込む。

扉が閉まると、ロウさんが鞭《むち》をしならせ、ゆっくりと馬車が進みだした。

バルトロ、エリノラ姉さん、シルヴィオ兄さん、メルが玄関から手を振りながら見送ってくれる。

「気を付けてな！　特にミーナと坊主！」

「お土産《みやげ》頼むわよー！」

「風邪を引かないようにね！」

一人だけお土産の心配しかしていない姉がいるが、寒い中わざわざ見送ってくれたことに変わりない。とりあえず、窓から顔を出して手を振っておいた。

同じようにミーナも顔を出して手を振っている。

馬車が進んで皆が見えなくなると、俺はすぐに窓を閉めて引っ込んだ。

しかし、ミーナは未《いま》だに窓を開けて屋敷の方を見つめている。

「ミーナ、早く窓を閉めて。寒いから」

「あっ、はい。すみません」

俺とエルナ母さんから同じタイミングで同じ言葉が飛び出した。

ミーナがすごすご窓を閉じて座り直す。

旅の情緒もへったくれもないが、寒いのでしょうがない。

◆

「冬の旅なので過酷なものを覚悟していましたが、暖かくて快適ですね」

馬車の中でミーナのほんわかとした声が響く。

コリアット村を出て数時間。俺たちの馬車は順調に進んでいた。

僅かに残雪があるが、ここ最近は暖かい日が続いていて馬車の進みを妨げるほどではない。とはいっても、まだ冬の真っただ中で寒いことに変わりはないので、俺は火球を浮かばせている。

そのお陰で室内はとても暖かくて快適そのものだった。

「普通はこんな風に気軽に魔法で暖をとれないんだけど……」

「魔法使いが二人いると、魔力が贅沢《ぜいたく》に使えるのが強みだね」

魔法使いにとって魔力は極力節約するべきものだ。いざという時に魔法が使えなくて、戦えませんなんてことになったら本末転倒だからね。

「いや、そういう意味じゃないよ」

そういう意味での言葉だったのだが、俺とノルド父さんの考えていることは違ったらしい。

「そもそも普通の魔法使いは、何時間も魔法を使い続けるのが難しいのよ。単純に魔力が足りないし、維持するだけで神経が磨《す》り減るから」

「それはいくらなんでも軟弱過ぎない？」

驚きのあまりエリノラ姉さんみたいな言葉が漏れてしまった。

いくら俺の魔力が多いと言ってもそれはないだろう。魔法なんて修練を重ねれば、息をするように使って維持することができる。俺にとっては歩くよりも簡単なことだ。

そのようなことを述べると、二人は揃って苦笑いになる。

「アルの周りに一般的な魔法使いがいない弊害ね」

「一番身近なのがエルナだから基準が高くなっているんだよ」

ノルド父さんの言葉に、エルナ母さんがちょっと嬉しそうにしている。

エルナ母さんが魔法使いとしてのレベルが高いのは明らかだからね。

「確かにAランク冒険者のエルナ母さんを基準にするのはおかしいね」

サルバやバグダッドにも魔法技術のおかしさを指摘されたので、最近はそう思うようになった。

「魔法使いの一般常識を学ぶ意味でも、魔法学園に通うのを僕はオススメするかな」

「そうね。シューゲル様は学園長ですもの。話し合いが無事に終わったら、学園について相談するのもいいわね。入学年齢に達していないけど、アルの才能だったら入学させてもらうことも――」

「却下」

二人の会話が妙な方向に傾き始めたので、被せるようにして否定した。

「どうして嫌なんだい？」

前々から二人が俺を魔法学園に入れたがっているのは知っていたが、ここできっちりと言っておかないとラーちゃんのパパ相手に何を言うかわからない。

「学園に通いたくないからだよ」

「どうして通いたくないのかしら？　学園に行けば、友達だってできるし色々なことが学べるわよ？　アルは魔法が好きでしょ？」

ノルド父さんとエルナ母さんが揃って不思議そうに首を傾げる。

学園に行きたくないっていうのが心底理解できないような感じだ。

前世でたとえるなら、子供が高校に行きたくないって言ってるようなものか。

「確かに魔法は好きだけど、わざわざ学園で学ぶほどでもないよ。独学で勉強できるし、エルナ母さんだって教えてくれるから」

「確かにそれもそうね」

「エルナ、納得しちゃダメじゃないか！」

「そ、そうだったわ！」

ノルド父さんに突っ込まれて、エルナ母さんが我に返った。

別に俺はすごい魔法使いになりたいわけではない。スローライフをおくるための有意義な魔法の研究に興味はあるが、そのために学園に通って自由な子供生活を棒に振っては本末転倒だ。

「友人作りはどうだい？　学園に行けば、たくさんの人と知り合いになれるよ？」

「別にそこまで貴族の友達は欲しくないかな。爵位の高い貴族とか鼻持ちならない奴が多いし、進んで仲良くなりたいと思わない」

「わかるわぁ」

俺の言葉にエルナ母さんが深く頷く。

ノルド父さんとエルナ母さんは平民から成り上がった貴族だ。超絶な人気とは裏腹に、貴族の一部からは妬まれたりもしている。そのせいで貴族との付き合いで気苦労が堪えないのだ。

「ユリーナ子爵、メルナ伯爵、ウラジー公爵、シルフォード男爵、ドール子爵とだって仲が良いし、貴族との交流はそこまで欲しいと思わないよ」

「ミスフィード家やリーングランデ家の令嬢とも仲が良いですし、アルフリート様って意外と人脈が広いのでは？」

「ここまでピンポイントに有力貴族と繋がりが深いのも逆にすごいわね」

アレイシアとラーちゃんの家と繋《つな》がりが深いのかは疑問であるが、人脈が多いと受け止められるのは悪くない。

「そ、そうかもしれないけど、もっと友達は欲しいよね、アル？」

「いんや、全然」

カグラに行けば、春や修一、小次郎がいるし、ラジェリカやジャイサールに行けば、サルバやバグダッド、マヤだっている。冒険者にはモルトやアーバインたちだっているし、コリアット村の村人とも仲が良い。別に寂しくもなんともないし、躍起《やっき》になって求める必要はない。

思い返せば、昔に比べて大分友達が増えたものだ。

「で、でも、学園を卒業しておいた方が、将来はなにかと選択肢も広いし……」

「リバーシやスパゲッティ、コマ、卓球とかの権利で一生分に近い金額は稼ぎ続けてるけど……」

「それもいつまで続くかわからないだろ?」

「人生ゲームにけん玉、輪投げ、小魚すくい、キックターゲット、投球ターゲット、グレゴールとの人形劇事業とか控えてるよ?」

ノルド父さんは、将来の収入を不安に思っているようだが、とんでもない。

これ以上市場に出すと、家族が混乱するので抑えているのであって、まだまだ稼げるものはたくさんある。現在小出しにしているものだけで、これだけの利益なのだ。

既に俺がどこかで働く必要はないのだ。

そのことを丁寧にプレゼンすると、ノルド父さんはついに黙り込んでしまった。

「アルフリート様は随分と将来のことについて考えてらっしゃるのですね」

「だって、働きたくないから」

「働きたくないがために、幼い頃からそこまで努力しているのがすごいです」

……うん? ミーナの言葉を聞くと、それもある意味本末転倒状態な気がする。深く考えるのはやめよう。これものんびりスローライフをおくるための必要な努力なんだ。

「とにかく、俺は魔法学園に行かないよ。食っちゃ寝しては遊んでって生活を満喫するんだ」

そう。俺は今度こそのんびりとしたスローライフをおくると決めているんだ。だから魔法学園になんて絶対に通わない。

シルヴィオ兄さんの補佐をするなり、氷室の管理者になるなり、趣味程度の働きで安定した収入を得る。それで問題ない。

そう宣言すると、ノルド父さんとエルナ母さんは顔を見合わせて複雑そうな顔になった。

「逆になにが不満なの？」

二人が何を懸念してそこまで学園に通わせようとするのか理解できない。

「うーん、アルの人生設計に問題はないよ。子供の頃からしっかりと勉強もして、魔法も磨いているし、既に大きな収入だってある。大人になって生きていくのに心配はないさ」

「魔法の才能があるから、宮廷魔法使いっていう選択肢もあるけど、本人がやりたくないっていうなら無理に勧められないもの」

「じゃあ、今のままでいいじゃん」

「そうなんだけど、このまま屋敷に置いておくのはとても心配なんだ」

「大人になっても一日中、屋敷に籠ってそうだわ。すごくダメな大人にならないか心配よ」

悩ましそうな表情で告げるノルド父さんとエルナ母さん。

俺は二人からそっと視線を逸《そ》らした。

その懸念についてはどうしようもない。それが俺の目標なのだから、温かい眼差しで見守ってほしいものだ。

「そろそろ換気しない?」

俺の将来についての話がひと段落すると、ノルド父さんが言い出した。

「まだ大丈夫だね」

「ええ、もうちょっといけるわ」

「いやいや、さすがに空気が悪くなってるよ! 窓を開いて新鮮な空気を取り入れようよ!」

「だって寒いもん」「だって寒いもの」

俺とエルナ母さんがほぼ同じ返答をした。

こういう時の俺たちは本当に息ピッタリだ。

「窓を開けたくない気持ちはわかりますが、淀《よど》んだ空気のままでいるとお身体に悪いですよ?」

ごねているとサーラが真面目な表情で諭してくる。

窓を閉め切った状態で火球を浮かばせているのだ。室内の酸素はゴリゴリと削れており、空気が濁っている。

サーラの言う通り、空気の悪さも深刻な問題だ。いくら寒いといっても、ここにいる皆の健康を損なうわけにはいかない。

「しょうがないわね。アル、お願い」

「わかった」

エルナ母さんの意図を察した俺は、こくりと頷いた。

椅子に腰かけたまま俺は無属性魔法を発動。

馬車についている窓をサイキックで少しだけ開けてやると、即座に風魔法に切り替えて外の空気を取り込んで、淀んだ空気を排出。

一瞬で空気の入れ替えが終わると、即座にサイキックで窓を閉めてやった。

「換気完了」

「素晴らしい魔法の切り替え速度だわ。息継ぎが上手いわね」

換気任務を完了すると、エルナ母さんが満足げに微笑みながら頭を撫《な》でてくれた。

「息継ぎって？」

「異なる属性魔法をスムーズに切り替えられることを、息継ぎが上手いっていうのよ」

「へー、そういった魔法使い専門の言い方があるんだ。面白いね」

「でしょう？　魔法学園で学びたくなったかしら？」

「いや、そこまでじゃないよ」

きっぱりと言うと、エルナ母さんが残念そうな顔になった。

面白い用語に感心したが、人生における貴重な数年間を捧《ささ》げるほど強い興味は湧かない。

俺を魔法学園に通わせようとするのは諦めてほしいものだ。

室内の換気が終わり、ガタゴトと進んでいると馬車の速度がゆっくりになった。

休憩地点にたどり着くにはまだ少し早いはずだ。

「どうしたんだい？」

「街道の一部に雪が残っていまして……」

ノルド父さんが声をかけると、ロウさんが困ったように返事した。

窓から外を覗いてみると街道には雪がたくさん積もっていた。この辺りでは雪が降り続いていたか、あまり陽の光が差し込まれなくて雪が溶けなかったのだろう。

「私が魔法で溶かすわ」

火魔法を扱うことのできるエルナ母さんの一声。

火魔法を扱うことのできる魔法使いがいれば、雪道も怖くない。

とはいっても、雪は広大に広がっているため、かなり熟練の魔法使いがいればの話だ。

この馬車の中には俺とエルナ母さんがいるので余裕だけどね。

「いや、僕がやるよ。気分転換に身体を動かしたいし」

「あら、そう？　ならノルドにお願いするわ」

「え？　でも、ノルド父さんは火魔法とか氷魔法を使えないよね？」

雪を退かすには火魔法で溶かすか、氷魔法で操作して退かすのが一般的だ。

ノルド父さんの魔法適性は風。凄《すさ》まじい暴風で吹き飛ばすのか？　それでは効率が悪くて、どう考えても雪を退かすのに向いていないような。

「雪を退かすのに魔法なんていらないよ」

ノルド父さんは爽やかな顔で笑うと、颯爽《さっそう》と扉を開けて外に出た。

強がりでもなんでもなく、本当に必要ないといった軽快な口調だった。

外は寒いのでできるだけ出たくなかったが、ノルド父さんがどのように対処するか非常に気になる。

扉を開けて外に出ると、続いてミーナも出てくる。

エルナ母さんとサーラは待機しているようで出てこなかった。

外に出ると冷たい空気が身体を包み込んだ。

馬車の中でぬくぬくと過ごしていたせいで、余計に空気が冷たく感じた。

ノルド父さんは雪が積もっている馬車の前方へと歩いて行っている。

その足跡をなぞって俺とミーナも寄っていった。

ピタリとノルド父さんが足を止めると、俺とミーナも合わせて足を止めた。

ノルド父さんは瞳に魔力を集めると、前方をしっかりと見据える。

魔力で視力を上げて、遠くに人がいないか確認しているのだろう。

「危ないから、それ以上前に出ないように」

ノルド父さんの忠告に俺とミーナは揃ってこくりと頷いた。

一体、どうやって雪を退かすんだろう？

疑問に思いながら見つめていると、ノルド父さんが腰を落として鞘に手をやった。

居合斬りのような構えだ。

……え？　まさか剣なの？

呆気《あっけ》にとられていると、ノルド父さんの魔力が一瞬にして高まった。

右手がブレたと思った時には既に剣が振り抜かれていた。

抜刀から少し遅れ、凄まじい衝撃が巻き起こった。

前方にある雪が一気に捲《まく》り上げられる光景は、まるで間欠泉を想起させた。

うちのパパの剣技がおかしい。

「わわっ！　雪が一気に吹き飛びましたよ！　すごい！　剣士ってこんなこともできるんですね！」

ミーナが目をキラキラと輝かせ、興奮したように言っている。

これが剣士の常識なはずがない。原理としては剣に魔力を纏わせ、衝撃波を飛ばしただけであるが、普通にやってもこんな風にならない。俺がやっても精々数メートルほど雪を巻き上げるくらい。魔法ならまだしも、剣の衝撃波を数キロ先まで飛ばすなんて無理だ。

落下してくる雪が太陽の光に反射し、キラキラと輝いている。幻想的な光景でとても綺麗だ。

「うん、これで馬車も進めそうだね」

満足げに眺めるノルド父さんの視線の先には、雪は欠片《かけら》も残っていなかった。

それでいながら街道が無駄に抉《えぐ》れていないことから、しっかりと雪だけを吹き飛ばすように調整したのだろう。

「ノルド父さん、剣の常識って知ってる？」

「いや、僕は学園に通わないよ」

先ほど馬車の中で言われた言葉をかけると、ノルド父さんが苦笑した。

明らかに剣士の常識を超えている。ノルド父さんこそ常識を学ぶために学園に通うべきではないだろうか。

◆

雪を吹き飛ばして馬車を進ませると、最初の休憩地点であるポダ村の近くにやってきた。

前にやってきた時は貴族の交流会の時だっけ。

あれからもうすぐ一年が経過しようとしているのかと思うと感慨深いものだ。

前回は季節が春だったために草原で昼寝ができたが、今は雪が残っているためにできないのが残念だ。

まあ、馬車の中でずっと座っていたので、今回は身体をほぐす方針でいいだろう。

ずっと馬車に籠っていたエルナ母さんも馬車から出て、身体を伸ばしていた。

サーラとミーナはティーセットで温かい紅茶の準備をしているようだ。

確か前はここの木陰でルンバやゲイツと寝転がっていたんだっけな。

「……アル、今みたいに雪が多く積もっている時は、しっかりと周囲を警戒しないといけないよ」

雪を退かしながら適当に歩き回っていると、ノルド父さんがやってきた。

「冬は動物や魔物のほとんどが鈍くなるけど、逆に活発になる魔物もいるんだ」

などと言うが、視界には雪が積もっているだけで、魔物がいるようには思えない。

その瞬間、脳裏に浮かんだのはジャイサールで砂に紛れて襲い掛かってきたアンコウみたいな魔物だ。

……もしかして、雪に紛れて魔物が近づいている？

そう考えて周囲を注視すると、雪の中で真っ赤な瞳が見えた気がした。

魔力を瞳に集めると、白い体毛をした狼《おおかみ》が三匹ほど見えた。

「うわあ、雪に擬態している狼がいる」

「雪狼さ。冬にはああいった雪に紛れる魔物もいるから注意が必要だね」

ジリジリと近づいてきていた雪狼であるが、ノルド父さんが視線を飛ばすと、すごい勢いで逃げていった。本能的に強者だということを悟ったのだろう。

「にしても、よくわかったね？」

「冒険者生活が長かったからさ」

自然と外に出て魔物を警戒するのが癖になっているらしい。実に頼もしいパパだ。

「あそこに雪兎《ゆきうさぎ》がいるね」

ノルド父さんの示す場所を見ると、真っ白なウサギがいた。

さっきの雪狼よりも小さい分、見つけにくいのによく発見できるものだ。

「……アル、できるだけ魔法で傷つけずに仕留められるかい？　雪兎の肉は美味《おい》しいんだ」

「わかった」

旅の途中で新鮮な肉を食べられるのは嬉しいことだ。

雪兎を視認した俺は水魔法を発動。

魔法の兆候を察知して雪兎が逃走を図るが、それよりも早くに雪が溶けて水球へと変わった。

雪兎の身体が水球に囚《とら》われる。

手足をバタつかせて、必死に抵抗をするが水を掻《か》くだけに終わり、しばらくすると雪兎は動かなくなった。

「ありがとう。さすがだね」

水球を解除すると、ノルド父さんがナイフを使って雪兎の血抜き処理を始めた。

さすがに元冒険者だけあって、こういう処理に慣れている。

冬はどこも新鮮な肉が少なく、手に入れるのが難しい。

この先立ち寄った村でも手に入れられるかわからない。

申し訳ないが、俺たちが責任を持っていただくので許してほしい。

ポダ村で一泊

I want to enjoy slow Living

休憩を挟み、順調に進んでいくと夕方くらいにポダ村にたどり着いた。

雪が思っていたよりも残っていたせいで、やや遅くなってしまったが誤差の範疇《はんちゅう》だ。

道程は概《おおむ》ね予想通りの結果だろう。

急に領主であるノルド父さんがやってくることになって村長夫妻は驚いていたが、以前と同じようにすぐに休める家を手配してくれた。

ロウさんはこの村に友人がいるらしく、そちらに泊まるらしい。

ロウさんとは別れ、村長が手配してくれた家に向かう。

俺たちが泊まる家は、一般的な平民が生活する一階建てのものだ。

床には民族風のカーペットが敷かれており、椅子やテーブル、ソファーといった生活家具が一式揃っている。

台所には竈《かまど》や調理道具、調味料などが一式揃っていた。

普段から旅人を招いたり、いつでも俺たちがやってきてもいいように整えてくれているらしい。ポダ村の人たちの優しさを感じた。

いつもの習慣でスリッパを探してしまうが、ここは屋敷ではないので存在しない。

「土足で家に上がるのは久し振りね。前まで当たり前だったのに、なんだか違和感があるわ」

「屋敷ではアルの作ってくれたスリッパで生活しているからね。すっかりそっちに慣れちゃったね」

スリッパを探してしまったのは俺だけじゃないらしい。

エルナ母さんとノルド父さんも顔を見合わせて苦笑していた。

屋敷では常にスリッパを履いているが、それ以外では土足、あるいは下靴で生活するのが普通だからね。外に出るのが久し振りだとついつい忘れそうになる。

玄関に上がるとミーナとサーラが俺たちの上着を回収して、素早くハンガーにかけてくれた。

魔法でお湯を作って手を洗って、うがいをするとソファーで一息。

「ふう……」

屋敷じゃないけど、家に入るとそれだけでホッとするものだ。

ソファーがちょっと硬くて革のきしむ音が気になるが、屋敷にある最高級のソファーと比べちゃダメだ。

「アル、魔法で火をお願いできるかい？」

そのままボーっと座っていると、ノルド父さんに頼まれた。

部屋には暖炉が備え付けられていて薪《まき》の束がある。とはいえ、薪だって村からすれば貴重な資源だ。できるだけ消費したくないとノルド父さんは考えているのだろう。

「いいよ」

俺もその意見に反論はない。魔力は有り余って困っているくらいだしね。

俺は火魔法を発動して、暖炉に火球を生み出す。家の中が温かな光に照らされた。

暖炉に薪もなく、地面から浮いて火球が存在しているのは少し不思議な光景だった。

「助かるよ」

領主なのに横柄に振舞わず、村人に配慮できるからノルド父さんの人気は高いのだろうな。

サーラの淹《い》れてくれた紅茶を飲んでいると、あっという間に日が暮れてきた。

火球の光だけでは心許なくなってきたが、ミーナがリビングに魔道ランプを設置してくれた。

サーラとミーナからチラチラと視線が飛んでくる。彼女たちが何を求めているか理解した俺は、ソファーからゆっくりと立ち上がった。

「暗くなる前に夕食の準備をしようか」

「はい！」

本来なら料理人であるバルトロに任せるところであるが、彼は屋敷でお留守番だ。

サーラはそれなりに料理ができるので任せてしまってもいいが、薪を使わずに調理をする方針なので魔法の使える俺が手伝った方がいい。

そういうわけで俺とサーラ、ミーナで台所に移動して料理の準備を始めることに。

調理道具を用意していると、ミーナが調理台に木箱を置いて蓋を開けた。

中にはニンジン、カボチャ、大根、ネギ、キノコなどが入っている。

「なにを作りましょうか？」

「雪兎のコンソメスープにしよう」

「かしこまりました」

コンソメスープは屋敷でも何度か作ったことのある料理だ。そう難しくない。

魔法で火を熾《おこ》し、竈を使えるようにする。

その上に水を注いだ鍋を設置し、お湯を作る。

その間に手分けしてスープに使うニンジン、大根、ネギ、キノコなどの食材を食べやすいようにカットしていく。

採取した雪のお陰で保冷効果があるが、冷蔵庫のように完璧ではない。数日もすれば傷んでしまうことだし、ケチケチする必要はない。

まだまだ馬車の中には干し野菜やドライフルーツ、干し肉といった保存食もあるし、この村で食材を買わせてもらうこともできるからね。

いつものように美味しいものを作って食べよう。

「なんだか私たちだけ手伝わないのは罪悪感があるわね」

「そうだね。僕らも何か手伝おうか？」

屋敷と違って厨房が隔離されているわけではなく、リビングと台所は隣接している。

くつろいでいる目の前で料理をされると落ち着かないのかもしれない。

「気持ちは嬉しいけど、屋敷と違って台所が広くないから……」

シルフォード領の時のように外で料理となれば、皆でというのも悪くないが、限られたスペースでの料理となるとかえって不便だ。

「わかった。その代わり後片付けは僕たちがやるよ」

主人であるノルド父さんが手伝う必要はないけど、何かしていないと落ち着かないのかもしれないな。こういうところがスロウレット家らしい。

三人で手分けすると、スープの具材となる野菜のカットがすぐに終わった。

その頃にはちょうど鍋の水も沸騰していた。

さて、ここからコンソメを作るために一から出汁《だし》を……なんてことはしない。そんなことをしていたらかなり時間がかかってしまう。

そんな問題を解決するために持参したのが、コンソメキューブだ。

乾燥させた野菜などを細かく砕いて調味料を加え、水分が飛ぶまで煮詰めたものを押し固めて作っている。

沸騰したお湯の中にこれをポンと入れ、カットした野菜と一緒に煮込むだけでコンソメスープになってくれるのだ。

外でいつでもコンソメスープが飲めるように、バルトロに作ってもらった。

とはいえ、これだけでは少しパンチが足りない。

それを補うために昼間に仕留めた雪兎を使う。

モモ肉だけ使うことも考えたが、それほど肉が大きいわけでもないので全部使ってしまおう。

食べやすいようにカットするとフライパンで軽く炒《いた》める。

表面がほんのりと茶色くなったら、火を止めてコンソメスープの中に投入。

これで肉のいい出汁が染み込んでくれるはずだ。

後は灰汁《あく》を取り除きながら、塩胡椒《しおこしょう》を加え、味を調《ととの》え煮込んでいくだけだ。

サーラは大根やキャベツを刻んでサラダを作り、ミーナは持参した黒パンを暖炉にある火球で炙《あぶ》っていた。

魔道コンロはないし、調理スペースも広くない。屋敷に比べれば雲泥の差だったが、普段とは違った環境で協力して料理するのも楽しいものだ。

しばらくすると、コンソメスープがすっかり煮込まれた。

試しに味見をしてみたがかなりいい感じだ。さすがバルトロ配合のコンソメキューブだ。

リビングのテーブルには既に食器が並んでいた。

サーラの作ってくれたサラダやミーナが炙ってくれた黒パンも切り分けられている。

サイキックで大きな鍋を運び、鍋敷きの置かれたテーブルへと載せた。

「はい、雪兎のコンソメスープのできあがり」

メインとなるコンソメスープがテーブルに載ったことで、夕食の準備は整った。

「あら、とても美味しそうだわ」

「うん、いい香りだ」

椅子に座ると、サーラがコンソメスープを器に注いで配膳してくれた。

「サーラとミーナも一緒に食べましょう。温かいうちが美味しいもの」

「「ありがとうございます」」

エルナ母さんの言葉に、サーラが微笑みミーナが嬉しそうな笑みを浮かべた。

椅子が一つ足りなかったが、俺が土魔法で作ってあげればいい話だ。

ミーナとサーラの準備が整うと、和やかに乾杯。

「うん、雪兎の肉がとても軟らかいね」

「ええ、とっても美味しいわ」

ノルド父さんとエルナ母さんは早速コンソメスープを食べており、目を細めて満足そうに味わっている。

俺もコンソメスープを食べようと匙《さじ》ですくうと、ごろりとした雪兎の肉が載った。

ぱくりと頬張る。

じっくり煮込まれた雪兎の肉はとても軟らかい。

しっかりと脂が蓄えられており、鶏肉のような味わいだ。

肉汁とコンソメの旨《うま》みが合わさってとても美味しい。

「野菜の旨みがギュッと詰まっていますね」

「美味しいです〜」

サーラは優雅に匙を動かし、ミーナは頬に手を当てて実に幸せそうな顔をしていた。

やっぱり寒い季節には、こういった温かいスープ料理が美味しいよね。

普段の何倍も美味しく感じられる。

サーラの作ってくれた冬野菜サラダもいただく。

オリーブオイルと塩を使ったドレッシングがかけられており、野菜本来の甘みを感じながらパクパクと食べ進められる。

冬って野菜が少ないイメージがあるけど、冬野菜は甘みがギュッと詰まっていてとても美味しい。

サラダで口の中をサッパリとさせると、ミーナが炙ってくれた黒パンをコンソメスープに浸して食べる。

表面はパリッとしており、中心部分はスープに浸されて軟らかくなっている。

そのまま食べるには少し硬いパンだけど、こうやってスープに浸せば食べやすい。

それにコンソメスープが染み込んでいるのでとても美味しいのだ。

皆で談笑しながら食べ進めると、あっという間に完食してしまった。

「旅の最中なのにこんなに美味しい料理が食べられるなんて幸せです」

「普通はもっと寂しい食事になるのだけど、料理の得意なアルがいてくれて助かるわ」

「こういう旅だからこそ食事くらい楽しまないと」

一般的な旅の食事は知らないが、いつもより不便だからこそ食事には手を抜きたくない。

穏やかな生活は素晴らしい食事に支えられるのだ。

さて、夕食が終わったら風呂に入って寝るだけだ。

ただこの家には浴場がないので俺が用意する必要がある。

上着を羽織って外に出て、家の裏に回ると土魔法で小屋を作る。

浴場と脱衣所だけでいいので造りはとても簡単ですぐにできた。

湯船に魔法で作ったお湯を注ぐと、もうもうと白い湯気が漂った。

灯《あか》りとなるライトボールを天井に設置し、タライや風呂椅子を土魔法で作ってしまえばお風呂場の完成だ。

だが、俺はここで満足しない。

冬のお風呂で億劫《おっくう》になるのは浴場までの道のりだ。

廊下や脱衣所なんかが寒いと気が滅入ってしまう。あの過酷な道のりに心を折られて、風呂を諦める紳士淑女も多いことだろう。そうならないために対策が必要だ。

「玄関から通路を引いて小屋と繋げちゃおう」

家を出て小屋まで移動するのに寒い思いをするのは嫌だ。だったら、直接通路を繋げて囲ってしまえばいい。

風は防げても通路が寒いと意味がないので、火球を浮かばせておこう。

「これで通路も寒くないや」

明るい上に通路も暖かい。これなら浴場への移動で寒い思いをすることがないし、湯冷めだってしないだろう。

通路の出来栄えに満足して家に戻る。

「えっ⁉　今、外に変な通路ができてませんでしたか⁉」

玄関に戻ると、振り返ったミーナが後ろにある通路を見て驚きの声を上げた。

「ああ、外にお風呂を作ったからその通路だよ」

「魔法でお風呂を作ったのはわかりますが、通路はなんのために？」

「え？　移動するのに寒いとか嫌じゃん。湯冷めしちゃうし」

「……アルフリート様がいると冬の旅も快適ですね」

俺の返事を聞いて、ミーナが呆気にとられたように呟いた。

仲睦まじい両親

I want to enjoy slow Living

夕食を食べ終わると、エルナ母さんが先にお風呂に入った。

ミーナは湯浴みを手伝っており、サーラは馬車の食料なんかのチェックのために外に出ている。現在、リビングにいるのは俺とノルド父さんだけだ。

「リビングに僕とアルだけがいるっていうのは新鮮だね」

ノルド父さんもちょうどそんなことを思っていたのだろう。俺が座っているソファーの対面に腰かけながら言った。

若干前のめりな様子が息子とのコミュニケーションを楽しもうとするかのような意思を感じた。

「そうだね」

「屋敷では夕食を食べ終えると、アルたちは部屋に籠りがちだからね。僕としてはもう少し皆で団欒を楽しみたいんだけど……」

ノルド父さんの言い分も理解できるが、俺たちを引きこもりのように言うのは納得できない。

俺たちがすぐに部屋に向かうのには、ちゃんとした理由がある。

「籠っているんじゃなくて避難してるんだよ」

「避難？　それってどういう意味だい？」

俺の言葉を聞いて、ノルド父さんがきょとんとした顔で目を瞬く。

「ノルド父さんとエルナ母さんがイチャイチャするから」

「ええっ!?　夕食の後、やたらとアルたちが部屋に戻っていくのって僕たちのせいなのかい？」

「うん」

まあ、俺は土魔法でフィギュアの制作とか趣味に興じている部分はあるし、読書好きのシルヴィオ兄さんも籠る理由はわかる。

でも、活動的なエリノラ姉さんまで早く部屋に籠るというのは、リビングに留まり難い大きな理由があることを示している。

「子供たちの前だし、僕としてはそこまでイチャついているつもりはなかったんだけど……」

薄々思っていたけど、やはり自覚がなかったみたいだ。

「ついさっきも互いに頬を突《つつ》き合っていたよね？」

雪兎のコンソメスープを作っている間、二人はソファーで大変仲が良さそうにしていた。

互いの頬を突き合ってニコニコと。熱々のカップルくらいしかそんなことしない。

「……あのくらいもダメなのかい？」

「ダメってわけじゃないけど、邪魔しちゃ悪いなって感じになる」

両親の醸し出すイチャイチャとした空気を感じながら、ずっと傍にいたいと思える子供はいないと思う。

「なら、これからは控えるべきかな？」

「そんなことをしたらエルナ母さんが不機嫌になるよ」

今まで夫との時間が確保されていたのに、急になくなれば間違いなく不満に思うのだろう。

「じゃあ、どうすればいいんだい？」

妻との時間をとれば子供たちが離れ、子供たちをとってしまえば妻が拗《す》ねる。

ノルド父さんが俺に尋ねてしまうのも無理もないほど難題。

そうでなければ「私と仕事、どっちが大事なのよ！」といった台詞《せりふ》が世の中には浸透しないだろう。

「妻と子供との時間を両立するのも父親の腕の見せ所だよ」

俺に父親としての経験があれば、それっぽいアドバイスができたかもしれないが、生憎と独身だったので無理な話だ。

「どうすればいいんだ……」

「強いて言うなら仕事をもっと早く切り上げればいいんじゃない？」

ノルド父さんの仕事時間が多いから、エルナ母さんは貴重な仕事終わりの時間を一緒に過ごしたいと思う。

それならば、もっと仕事を早く終わらせて時間を多く確保すればいい。そうすれば、夫が子供たちとのコミュニケーションに時間を割いても不機嫌にはならないはずだ。

「シルヴィオやエルナにも少し手伝ってもらっているんだけど難しくてね。アルも手伝ってくれれば、可能なんだけど……」

「いやあ、難しい問題だね」

縋《すが》るようなノルド父さんの視線を受け止めず、サッと目を逸らしながら投げやりに言った。

ノルド父さんには悪いけど、家族とのコミュニケーションよりも俺のスローライフの方が大事だ。七歳から働くだなんて社畜街道まっしぐら。一度、手伝ってしまえば、なし崩し的に何度も頼まれるのは目に見えている。だから、俺は成人年齢になるまでは絶対に内政の仕事を手伝ったりはしないのだ。

俺のそんな固い意志を感じ取ったのか、ノルド父さんが残念そうにため息を吐いた。

「アルフリート様、エルナ様の湯浴みが終わりました」

話題が一区切りついたところで、ミーナがリビングに入ってきた。

「うん。わかった。すぐに行くよ」

これは俺が風呂に入るというわけではない。エルナ母さんの髪を魔法で乾かしてあげるという意味だ。

「ノルド父さん、先に入っていいよ」

「いや、せっかくだし一緒に入ろう。僕は待ってるよ」

「あ、うん。わかった」

別に一緒じゃなくてもいいのだが、娘ならともかく、七歳の息子から拒否されると傷つくと思うので素直に頷いておいた。

というわけで、俺だけ先に家を出る。

つい先ほど、玄関から湯船のある小屋まで通路を引いたので、外に出てもあまり寒くない。

「やっぱり、土魔法で通路を作っておいて正解だ」

通路を進んで小屋にたどり着くと、エルナ母さんは脱衣所に作った洗面台にある椅子に腰かけていた。

いつもは結い上げている髪の毛だが、湯上りのために真っ直ぐに下ろされている。

こうして見ると、いつもよりも若々しく見えるな。

「いつものよろしくね。アル」

「はいはい。それじゃあ、失礼しますね」

ミーナが入念にタオルで水気をとってくれたからか、髪はしっとりと濡れている程度。

指で濡れ具合を軽く確認すると、俺は風魔法と火魔法を使って温風を出した。

温かい風が放出されて、エルナ母さんの髪が揺れる。

とても艶やかで綺麗な髪だ。

「俺と同じくせ毛なのに、髪が引っ掛からないってどういうことなんだろう？」

「ふふふ、髪は乙女の命だからね。努力の賜物《たまもの》よ」

なんて言っているが、髪だけじゃなく肌も綺麗だし、スタイルだって崩れることはない。

本当に三十代中頃なのかと疑いたくなる。

「エルナ母さん、実は若返りの魔法とか使っていたりしない？」

「そんなものを使っていたら、私はもっと若々しいわよ」

クスクスと笑うエルナ母さんは、とてもご機嫌のようだ。

「にしても、髪を乾かすのにちょうどいい魔導具とかできないかな？」

「風を放出できるものはあるけど、程よい温風を出せるものはないわね」

結果として俺が魔法で乾かした方が早いということになり、俺はドライヤーのような役割を果たすことになるのだ。

「アイディアだけ提供して、誰かに作ってもらおうかな？」

「魔法学園に通って、作れるようになるっていう選択肢はないのね」

「うん、面倒くさいから」

三年以上通うのは嫌だし、通ったはいいものの魔導具作りの才能がないということもあり得る。それだったら、前世の知識をアイディアとして提供し、プロに作ってもらう方が手っ取り早くていい。幸いにも支援できるくらいのお金も持っていることだし。

「でも、方法としてはアリね。髪を乾かすことのできる魔導具があれば、すごく便利だもの」

「だよね」

なんて会話をしている間に、エルナ母さんの髪を乾かすことができた。

「簡単なものであれば、御髪《おぐし》も結い上げますよ？」

「あら、髪まで結えるの？」

「エリノラ姉さんの髪を湯上りにセットしているのは俺だよ？」

なんて答えると、エルナ母さんは頭が痛そうな顔になった。

「娘の女子力の低さを嘆くべきか、息子の優秀さを喜ぶべきか……」

「間違いなく前者だよ」

「夜は綺麗にセットされているから感心していたのに……」

残念、それは弟がやっていたんです。

「まあ、それなら頼もうかしら」

「ポニーテールにしちゃっていい？」

「ええ？　さすがに私には似合わないんじゃないかしら？」

「大丈夫、エルナ母さんならいける」

そこらの人なら難しいかもしれないが、エルナ母さんなら十分に似合うと思うんだ。上品に結い上げたいつもの姿もいいけど、ポニーテールも見てみたい。

そんなわけでエルナ母さんの髪をポニーテールにしてみた。

「うん、やっぱり似合うね」

「そ、そうかしら？」

手鏡をサッと差し出すと、エルナ母さんはちょっとまんざらでもない様子だった。

髪を乾かし、セットが終わったところで俺とエルナ母さんはリビングに戻る。

「戻ったわ」

何事もないとばかりの澄ました表情でリビングに戻るエルナ母さん。

しかし、女性の心の機微をわかっている旦那は、すぐに髪型の変化に気付いた。

「おや、エルナ。いつもと髪型が違うね」

「アルが結ってくれたのよ。変じゃないかしら？」

「そんなことないよ。いつもと違う髪型も素敵さ」

シレッとエルナ母さんに近づき、褒めちぎるノルド父さん。

恥ずかしそうにしながらもエルナ母さんも大変嬉しそう。

そこで終わればいいのだがノルド父さんがエルナ母さんの髪を触り始めた。

やれ髪が綺麗だの、うなじが見えて綺麗だの。

さっき注意したばかりなのに子供の目の前で堂々とイチャついている。

これを自覚無しでやっているのというのだから天然だな。

ノルド父さんと一緒に風呂に入る約束だったが、イチャイチャとした空気に耐えられず、俺は逃げるように先に一人で風呂に入るのだった。

久し振りの王都

I want to enjoy slow Living

ポダ村などの道中に存在する村や街を経由して俺たちは進んでいく。

道中に雪が積もっていたりと問題もあったが、俺とエルナ母さんの魔法もあってかそれらは大した障害にならず、俺たちは無事に王都の傍にやってくることができた。

「うわぁっ！　王都の城壁ですよ！　アルフリート様！　約一年ぶりですね！」

「ああ、うん。そうだね」

窓から顔を出したミーナが指をさしてはしゃいでいた。

寒いけど一年ぶりに都会にやってきたミーナの興奮を見ると窓を閉めろとは言えないな。

ただ、既に転移を使って何度も訪れているので見慣れているせいで反応はどうしても薄くなってしまうね。

それより俺が気になっているのは王都の街道事情だ。

「王都の周りの街道はきっちりと除雪されているね」

まだこちらでは雪が降るのだろう。平原は真っ白な雪が積もっていたが、街道には一切雪が積もっていなかった。

「この季節になると門に魔法使いが常駐していて、雪を火魔法で溶かしてくれるのよ。ほら、あそこで今もやっているでしょ?」

「本当だ」

エルナ母さんの指さす場所を見れば、魔法使いが火球を地面に転がして雪を溶かしていた。

「雪を溶かすだけの仕事か……とても楽そうだね。将来、仕事に困った時は雪を溶かすだけの仕事に就くのも悪くないや」

「どうしてそういう思考回路になるのかわからないけど、あの仕事に就くには王城に仕える必要があるよ?」

「却下で」

楽そうな仕事だと思ったが、士官する必要があるならいいや。

脳内にある楽そうな仕事メモの一つに大きくバツ印をつけた。

それにしても、街道の雪を除雪するためだけに、魔法使いを常駐させる余裕があるとは、さすがは人材豊富な王都だ。

「ロウさん、今回は南門から入ろう」

「ここからですと東門の方が近いですが、よろしいのですか?」

「ああ、南門で頼むよ」

御者席にいたロウさんが訝《いぶか》しんだが、ノルド父さんがきっぱりと告げると従った。

去年の春はとんでもない衛兵がいたからね。東門を避けたノルド父さんの判断は正解だ。

そんなわけで進路を変えて、南門へと移動。

門の前には旅人や商人たちが並んでいるが、俺たちは貴族なので並ぶことなく別口で入場した。

検査のために馬車を停《と》めると、銀と赤を基調とした金属鎧《よろい》を纏う男たちが寄ってきた。

窓から視線をやると、その男はなんと去年東門で見かけた変態衛兵だった。

俺がギョッとした顔を浮かべると、近寄ってきたスキンヘッドの男がニヤリと笑った。

向こうも俺たちのことを覚えている顔だ！　口元から妙に白い息が漏れているが、あれは外が寒いからだけじゃなく、俺たちを見て興奮しているからに違いない。

「ノルド父さん！　外れだよ！」

「そんな！　門を変えたはずなのに⁉」

あの衛兵たちを避けるために敢《あ》えて入場門を変えるという作戦が見事に裏目に出てしまった。

「貴族章をお見せください」

貴族専用の入り口にいるために嫌ですとは言えない。

女性であるエルナ母さんに任せるという選択肢もあるが、貴族章は当主本人が見せるのが慣例なので無理だ。

「……アル、外の空気を吸いたくないかい？」

「外は寒いし、大人しく馬車の中で待ってるよ」

子供らしい無邪気な笑みを浮かべて言うと、ノルド父さんはガックリと肩を落とした。

去年のような好奇心に身を任せるような行動はしない。外に危険な猛獣がいるとわかっていて出て行くようなバカはいないのだ。

諦めたような顔でノルド父さんが馬車から出て行った。

貴族章を見せると、短髪の衛兵が上気した顔でノルド父さんに詰め寄る。

ノルド父さんは青い顔をしながら必死に身体を触られまいと抵抗しながらも、なんとか質問に答えている様子だった。

それを馬車の中から眺めていると、スキンヘッドの衛兵がジーッとこっちを見つめているのに気付いた。去年俺のお尻を触ってきた奴だ。

こちらを見つめる瞳が、「あなたは降りてこないのですか?」と雄弁に語っているようだった。

……こわっ！　ホラーかよ！

思わずカーテンを閉めてシャットアウトしたくなったが、それではやましいことがあると言っているようなものだ。

妙な言いがかりをつけられて馬車から降ろされないように、俺はエルナ母さんにくっついて姿を隠した。

「あら、アルの方から甘えてくるなんて珍しいわね」

「たまにはそんな時もあるよ」

俺からくっつきにいったのが嬉しかったのか、エルナ母さんが微笑みながら頭を撫でてくれた。そんな姿をミーナやサーラが微笑みながら見ている。

いい精神年齢をして母親に甘えるのはちょっと恥ずかしいが、貞操の危機に比べれば些細《ささい》なことだった。

エルナ母さんにくっついて馬車の中でやり過ごしていると、ノルド父さんがげっそりとした顔で戻ってきた。

「あなた、顔色が悪いけど大丈夫？」

「大丈夫だよ。ロウさん、進めてくれ」

思わずエルナ母さんが心配の声をかけるが、ノルド父さんは何事もなかったかのようにソファーに座った。恐らく触れてほしくないのだろうな。

一人の尊い犠牲により、こうして俺たちは王都に入ることができた。

◆

王都に入ると俺たちは真っすぐに宿に向かった。

ミスフィード家に用があるといっても、約束も無しに訪ねてすぐに会えるはずがない。

まずはミスフィード家と面会できるように、都合を尋ねる手紙を送る必要があるだろう。

ラーちゃんのパパであるシューゲルは、魔法学園の学園長を務めていると聞く。

公爵家の執務に加えて学園の仕事もある。どうせすぐに会うことはできないだろう。

それまでは宿で旅の疲れをじっくりと癒やし、気ままに王都の散策でもすればいい。

そんなのんびりとした王都での過ごし方を考えていると、目的の宿にたどり着いた。

王都の中央区にあるメインストリートに面した宿。

去年の貴族交流会で利用した貴族専用の高級宿だ。約一年ぶりに利用する場所なだけにちょっと懐かしい。

馬車から降りると従業員たちが恭しく出迎えてくれた。

馬車の移動や馬のお世話は従業員に任せて、宿に入ろうとしたところで違う馬車が猛スピードでやってきた。

この宿にやってくるということは俺たちと同じ貴族だろうか？　宿ではできるだけ鉢合わせしないように気を付けよう。

「お待ちください！　スロウレット家の皆様！」

そんなことを考えながらロビーに入ろうとすると、俺たちを呼び止める声がした。

足を止めて振り返ると、やってきた馬車が停まり、勢いよくメイドが出てきた。

「あっ、ラーちゃんのメイドさん」

「はい！　ラーナ様にお仕えしております、メイドのロレッタです！　突然大声を上げて呼び止めるような無礼をお許しください」

非礼を詫《わ》びるようにスカートを摘《つ》まんで頭を下げるロレッタ。

公爵家に仕えるメイドだけあって仕草が洗練されているな。

「許すよ。それで僕たちに何の用だい？」

「先日のお手紙の件で当主であるシューゲル＝ミスフィード様がお会いしたいと申しており、スロウレット家の皆様をご招待しに参りました」

ミスフィード家からのいきなりの招待に思わず顔が強張る。

それは俺だけでなくノルド父さんやエルナ母さんも戸惑っていた。

手紙の内容が内容だ。招待と言われても、身構えずにはいられない。

屋敷に誘い込んで俺を袋叩きにするつもりではないだろうか。その果てには証拠の隠滅だって目論《もくろ》んでいる可能性もある。

しかし、いくら公爵家でも男爵家にそんな非道なことはしないと思うし、足がつくのでリスクが高すぎるだろう。

だが、あの狂気のような手紙を思い出せばしないとは言い切れないな。

「王都にやって来たのはシューゲル様と面会をするためだったので非常に助かりますが、急に訪ねてはご迷惑ではないでしょうか？」

「シューゲル様が暴走し、スロウレット家の皆様に多大なご迷惑をかけてしまったのです。お詫びとしてミスフィード家の屋敷でもてなしたいとのことでして……」

「ということは、手紙の件はシューゲル様が勘違いだと自身で認識されていらっしゃるのでしょうか？」

「……はい。私とラーナ様、アレイシア様から改めてご説明したことによって誤解は解けました。本当に申し訳ございません」

エルナ母さんがおそるおそる尋ねると、ロレッタが深く頭を下げて謝った。

それもそうだよね。ラーちゃんに子供ができたなんて人間の構造上無理な話なのだ。

良かった。ちゃんとロレッタが説明して誤解を解いてくれて。

なんかアレイシアも混ざっているのが気になるけど、誤解を解いてくれたのであればなにも文句はない。

自分の口から弁明しないといけないと考えると気が重かったんだ。

命の危険が遠ざかったことを確認したせいか、緊張が一気に解けた気分。

勘違いだってわかったんなら面会なんて無しってことにはならないかな。まあ、無理だろうけど。

「ひとまず誤解が解けたようで何よりですが、私たちは御覧の通り王都に着いたばかりですので……」

「ご安心ください。スロウレット家の皆さんをお迎えできるように準備は整えておりますので。というか、すぐにお招きしないと私が怒られてしまいます」

ロレッタが涙目になって懇願してくる。

殺害予告のような手紙を出してしまっただけに、ラーちゃんのパパも必死なようだ。

「わかった。しばらくの間、お世話になるよ」

「ありがとうございます！」

ノルド父さんが諦めたように息を吐いて言うと、ロレッタが感激の表情を浮かべた。

王都に着いたばかりなので宿でゆっくりしたかったが、公爵家に呼ばれてしまえば向かわざるを得ない。

こうして俺たちは王都に着いて早々にミスフィード家の屋敷に向かうことになった。

ミスフィード家の当主

I want to enjoy slow Living

ミスフィード家の馬車に揺られて、俺たちは王都の北区画を突き進む。

車内には俺、ノルド父さん、エルナ母さん、ミーナ、サーラ、ロレッタが座っていた。

これだけの人数が乗っていても広々としているのだから公爵家の馬車は違うな。

後方には俺たちが先ほど乗っていたスロウレット家の馬車が見えており、こちらもミスフィード家でお世話になることが決まっている。

まずは宿で休憩し、数日間のんびりとしてから訪問すると思っていただけに、このスピード感についていけない。

まさか王都に到着してすぐにミスフィード家に向かうことになるなんて。

「気になったんだが、どうして僕たちが王都にやってきたとわかったんだい？」

遠い目をしながら王都の景色を眺めていると、ノルド父さんがロレッタに尋ねた。

そういえばそうだ。俺たちが王都にやってきたのは、つい先ほどだ。どうしてすぐに俺たちの位置を特定することができたのか。

「シューゲル様の手紙の内容がアレでしたので、スロウレット家の皆様が話し合いのために王都にやってきてくださるのではないかと予想していまして……」

「それでも来るタイミングを見計らうのは難しいわよね？」

やってくることは予想できてもいつかはわからない。いくらミスフィード家でも毎日王都の門を見張るのは大変だろう。

「スロウレット家の皆様がやってくることを把握するために、雪溶かしも兼ねて親族の魔法使いを各門に配備していましたので」

「そ、そうなんだ」

にっこりと笑いながら告げるロレッタの言葉に、ノルド父さんがやや顔をひきつらせた。

言葉にすると簡単だけど俺たちを速やかに迎え入れるためだけに、それだけのことができる公爵家の力が恐ろしいな。

王都に着いた時点で、ミスフィード家の屋敷に直行することは確定事項だったようだ。

雑談をしながら揺られていると、馬車が緩やかに速度を落とした。

とはいっても、窓から外を見ても屋敷は見えていない。

見えるのは敷地をぐるりと囲う塀や門だけだった。

前方には奥へと続く道が続き、意図的に植えたと思われる木々が生えていた。

どうやら敷地に入っただけのようだ。

敷地内に小さな森みたいなのがあるって、どれだけお金を持っているんだ。

田舎ならともかく、ここは王都の中でも取り分け土地が高い北区画だというのに。

小さな森を抜けると緑豊かな庭園が広がっており、中央には大きな噴水があった。

その奥には白亜の壁に紺色の屋根をした大きな屋敷が見える。

「うわわー、綺麗な庭とお屋敷ですねー」

ミーナが感嘆の声を漏らしてしまうのも無理はない。

それほどミスフィード家の屋敷は、スロウレット家と規模が違っていた。

まさに王国の建国を支えた公爵家に相応《ふさわ》しい気品を備えていると言えるだろう。

やがて馬車がゆっくりと停まると、御者の者が扉を開けてくれた。

順番に馬車を出て歩くと、既に玄関には執事やメイドがずらりと並んで頭を下げた。

統率されたその動きに圧倒されながら玄関をくぐる。

「アルー！」

すると、いきなりラーちゃんが俺のところに飛び込んできた。

避《よ》けることもできるが、避けてしまったらラーちゃんが転んでしまうかもしれない。仕方なく身体で受け止める。

「わっ！　ラーちゃん！」

「あはは！　アルだー！　アルがおうちにいるー！」

俺と会えたことが嬉しいのかラーちゃんは満面の笑みを浮かべていた。

どうしたものかと悩んでいると、ラーちゃんと同じ白金の髪をした女性が出てきた。間違いなくラーちゃんのお母さんだろう。

「ラーナ！　お客人の前ではしたないですよ。おやめなさい」

「……はーい」

窘《たしな》められてラーちゃんが残念そうな顔で引き下がった。

こんな綺麗な奥さんがいるのに、アレイシアによると、シューゲルさんは浮気をしているのか。

いや、これは確定ではない情報だ。変な邪推をするのはやめよう。

「うちの娘が大変失礼いたしました。アルフリート様と会えたのが嬉しくて、気持ちが抑えられなかったようです」

「いえ、お気になさらず」

大事な娘が俺に抱き着く姿を見て、どう思っているのだろうか。

柔和な瞳の奥からどのような感情があるのか察することはできない。

とりあえず、愛想よく笑っておこう。

「はじめまして、シューゲルの妻のフローリア＝ミスフィードです。この度は遠いところをお越しくださりありがとうございます」

「お招きいただきありがとうございます、フローリア様。ノルド＝スロウレットと申します」

「シューゲルは奥の応接室におりますので、そちらに移動いたしましょう。ラーナはお部屋で待っていなさい」

「えー？　私は行っちゃダメなの？」

「大人の話し合いですから」

幼いラーちゃんに事件の経緯を聞かせるわけにはいかない。

いつも通り無邪気な態度をしていることから、ラーちゃんは今回の事件について何も知らないのだろう。

俺も年齢的に待機していたい気分であるが、当事者なのでどうしようもないだろう。

ラーちゃんは自室で待機することになり、フローリアの案内で俺たちは応接室に向かう。

廊下には数々の絵画や壺《つぼ》などの調度品が置かれていた。それも屋敷の格に負けない物であり、とても雰囲気に馴染《なじ》んでいる。

見上げると天井には小さなシャンデリアがぶら下がっているが、そこに灯《とも》っているのは蝋燭《ろうそく》の火ではなく、魔法的な光だ。

魔道ランプのシャンデリア型みたいなものだろう。魔力を消費する代わりに蝋燭を消費せずに済むし、火を使っていないので火災にもならない。一般的なシャンデリアに比べれば利点が多そうだが、どれだけ魔力が必要なのか気になるところだ。

魔力量が増えたせいで最近は日課の魔力消費が難しい。こういった消費魔力の大きい魔道具を購入して、魔力を消費するっていうのもいいかもしれないな。

なんてことを考えながら歩いていると、応接室にたどり着いたようだ。

ロレッタが扉を開けて応接室に入ると、室内は暖かな空気で満ちている。

暖炉には魔道具らしきものが置かれており、そこではずっと火球が浮いていた。

室内を照らす光は全て魔道ランプだ。魔法を生業《なりわい》としている公爵家だけあって、屋敷の中には魔法に関係するものが多いな。

室内にある魔道具が興味深く、きょろきょろと辺りを眺めていると、エルナ母さんに肩をつつかれた。

キョロキョロしないで室内にいる人物に注目しろということだろう。

慌てて視線を魔道具から外すと、ソファーには銀色の髪をした眼鏡《めがね》をかけた男性が座っていた。

前髪には緩くウェーブがかかっており、口元には丁寧に整えられた髭がある。

ダークブラウンのベストに黒のコートを纏っている。

とても落ち着いており、公爵家の当主に相応しい佇《たたず》まい。

しかし、この人があの狂気のような手紙を送りつけてきたのかと考えると、第一印象とは当てにならないものだと思う。

なんかシューゲルに睨《にら》まれている。

……勘違いはちゃんと解けたんだよね？

鋭い視線を向けられたのは一瞬で、俺たちが近づいてくるとシューゲルはにこやかな笑みを浮かべた。

その変貌がちょっと怖い。

「ミスフィード家の当主であるシューゲル＝ミスフィードだ。まずは腰をかけてくれ」

「失礼いたします」

シューゲルに勧められて、ノルド父さん、エルナ母さん、俺はソファーに腰かけた。

フローリアはシューゲルの隣に腰かけ、メイドであるミーナたちは壁際に控えた。

「申し訳ない！」

それぞれの自己紹介が終わると、シューゲルがいきなり頭を下げた。

「私が早合点してしまい、スロウレット家には多大な迷惑をかけてしまった。手紙を送ってしまった後、ロレッタをはじめとする者から詳しい経緯を聞いて誤解だとわかった。特にアルフリート殿には酷い内容の手紙を送ってしまった。本当に申し訳ない」

いきなりのシューゲルからの謝罪。

俺に向けられた言葉だけあって、皆からの視線が突き刺さる。

「誤解だとわかってもらえたようで何よりです。謝罪を受け入れます」

今回の目的は和解するためのものだ。きっちりと謝罪を受け入れるのが正しいだろう。

隣に座っているフローリアがホッとした表情を浮かべているのが見えた。

「もう、あなたはラーナのことが絡むと周りのことが見えなくなるのですから」

「面目ない。娘を想う感情が爆発してしまい、酷い言葉をぶつけてしまった。それにもかかわらず許してもらえるとは、アルフリート殿はとても寛大だ」

「いえ、些細な誤解が原因でしたので。私も日ごろから両親から愛情を持って接して頂いているだけに、子を想う父の気持ちが少しはわかるつもりです」

俺の言葉にノルド父さんとエルナ母さんが揃って複雑な顔をしている。

よくそこまでぺらぺらと口が回ることだ、とか思われていそう。

「アルフリート殿は年齢の割にとても大人なのですね。ラーナが懐くのも納得というものです」

「いえ、私なんてまだまだ子供ですよ」

フローリアの言葉にはどう答えるのが正解かわからなかったので、触れずに笑って流すことにした。

「スロウレット家の皆様とはゆっくりお話ししたいところですが、王都に到着して早々ですので今日はこの辺りにしておきましょうか」

「ああ、そうだな。とはいえ、迷惑をかけてしまったスロウレット家の皆を帰らせて宿に泊まらせるわけにはいかない。お詫びの一つとして、我が屋敷で是非もてなしをさせてくれ」

……いえ、公爵家の屋敷より、高級宿の方がゆっくり休めるので結構です。なんて風に断ることができたらどれだけ素敵だろう。

「ありがとうございます。では、ご厚意に甘えさせていただくことにします」

ノルド父さんの言葉にシューゲルは満足げに頷いた。

ラーちゃんの案内

I want to enjoy slow Living

「このフロアはスロウレット家の皆様がご自由に使ってくださって構いません」

ミスフィード家にしばらく滞在することになった俺たちは、客室らしき場所に通された。

これがエリックの屋敷くらいの手頃なサイズであれば素直に頷けるのだが、俺たちが案内されたのは大きなホテルのロビーくらいの広さがあった。

俺たちの知っている客室じゃない。

「そ、そうですか……」

ノルド父さんは圧倒されているようだが、こんなにいい寝室を使えるのなら逃す手はない。俺は毅然とした態度でメイドに尋ねる。

「自由に使っていいということは、寝室も自由に選んでも？」

「はい、どの部屋でも構いませんよ」

見渡す限り、二階にはまだたくさんの部屋がある。そこから自由に寝室を選べるっていうのはワクワクする。

「ちょっと寝室を見てくるよ」

「好きになさい」

エルナ母さんから許可を貰って、俺は一人で屋敷の廊下を歩いていく。

ミスフィードの屋敷は全体的に白い壁をしており、家具やカーペットも薄い青色や灰色といった淡い色合いのもので統一されている。

屋敷というとアンティーク調なイメージがあるが、こういう英国風っぽい雰囲気も高潔感があっていいね。とっても新鮮だ。

屋敷の内装に感心しながら手頃な部屋を開いてみる。

一つ目の部屋は寝室だ。入ると大きなダブルベッドが並んでいる。ちょっとしたテーブルやイスが並んでおり、やや広いが一般的な寝室と言えるものだろう。

一つ目の部屋を出て、二つ目、三つ目の部屋を開けてみるとこちらも寝室だった。

もしかして、全部同じ造りなのだろうか？　少し残念に思いながら四つ目の部屋を開けて見ると、こちらではダブルベッドが一つだけ鎮座していた。

一人用かと思えば、そうではなく家具などの数を見れば明らかに二人用である。

傍に設置されている魔道ランプを点《つ》けてみると、ちょっと大人っぽい雰囲気になる。

これはラブラブな夫婦向けの寝室だな。ノルド父さんとエルナ母さんに勧めておこう。

俺には縁がないし、雰囲気がちょっと合わないや。

五つ目の寝室も同じ雰囲気で、六つ目の扉を開けてみる。

こちらは洋室のようでちょっとした歓談ができるようにソファーなどが並んでいた。

客室を縮小したような部屋である。スロウレット家にとっては、最初からこっちに案内してもらった方が落ち着いただろうな。

洋室を出て、七つ目の部屋を開けてみると大きな天蓋付きのベッドが鎮座していた。

「おお、これまた違う雰囲気だ」

天蓋付きのベッドなんて初めて見たな。

おそるおそる近づいてベッドに腰かけてみると、とてもフカフカだった。

大の字に手足を広げてみても、まったく手足がはみ出ることはない。ゴロゴロして転がって遊ぶこともできるほどに広かった。

カーテンを閉めてみると、開放感が薄れる代わりに密閉感が生まれた。

圧倒的なプライベート空間。周りから寝姿が見えないために安心感がある。

なんだかお姫様になったかのような気分だ。これは悪くない。

「ここを俺の寝室にしよう」

他の寝室と違って家具があまり多くなく、スッキリとしているっていうのもお気に入りポイントだった。

寝室の場所をしっかりと覚えると、俺は客室へと戻った。

そこではノルド父さんとエルナ母さんが寛《くつろ》いでいた。

「寝室は決めたかい？」

「うん、七つ目の部屋にした」

「じゃあ、僕らもその辺りの寝室にしようかな」

寝室が真反対となれば声をかけるのも面倒だからね。どこかに泊まる時は大体家族で近い場所に泊まる。

「二人には五つ目の寝室をお勧めするよ」

「ならそこにしようか」

特に寝室に対するこだわりがないようで、ノルド父さんは自分の目で確かめることもせずに頷いた。

屋敷の内装を把握しているロレッタは、俺の気遣い（悪戯心）に気付いてちょっと笑っていた。

普段子供との距離が近いので、こういう時くらい二人の時間を用意してあげないとね。

「では、そちらの部屋に荷物を運んで参ります」

「ええ、お願いするわ」

寝室が決まり、控えていたミーナとサーラが荷物を入れるために動きだした。

荷物さえ運び込まれれば、寝室は決まったも同然だ。

後で変えようとしても、荷物を運び出す労力を考えれば二人はきっと妥協する。

俺ってば、なんて親孝行な息子なんだろう。

「……なにか企《たくら》んでいるような顔ね？」

「気のせいですよ母上」

心の中でムフフと笑っていると、エルナ母さんがじっとりとした視線を向けてきた。

相変わらず鋭い。

素知らぬ顔でソファーに座って紅茶を飲んでいる間も、エルナ母さんはずっと訝し気な顔をしていた。

怪しんでいるなと思っていたら、エルナ母さんは唐突に立ち上がった。

多分、トイレのついでに自分たちの寝室を確かめるつもりなのだろう。

案の上、エルナ母さんは寝室の方の廊下へ歩いていった。

それからしばらくすると、エルナ母さんが廊下から戻ってきた。

寝室を覗いてきたのだろう。エルナ母さんの顔はご機嫌だった。

鼻歌が聞こえてきそうなくらいに軽やかな足取りだった。

「とってもいいお部屋ね」

「でしょ?」

ソファーに戻る際に、俺の耳元でエルナ母さんが嬉しそうに囁《ささや》いて笑った。

どうやら俺のチョイスはエルナ母さんを非常に満足させられたらしい。

今夜はゆったりとした大人の雰囲気を楽しんでくださいな。

「それにしても無事に誤解が解けたようで安心したよ」

落ち着いたところでノルド父さんがホッと息を吐いた。

「そうね。やってきて早々に目的を果たせたから大分気が楽だわ」

王都からスロウレット家まで手紙を出すのに一週間以上はかかる。その間にミスフィードが勘違いに気付いてくれたので、俺たちが弁明する必要もなくスムーズに和解することができたのだ。

シューゲルやフローリアを前に、身の潔白を証明するだなんて胃の痛いことをせずに済んで本当に良かった。

「王都にやってきた大きな目的は果たせたんだし、明日には帰るとかできない？」

「シューゲル様の口ぶりから一泊では帰してくれないだろうね」

「多大な迷惑をおかけした皆様を、たった一日でお帰しするわけにはいきませんから」

ノルド父さんだけでなく、お茶の用意をしていたロレッタからもミスフィード家の意向を告げられた。

「ですよねー」

用事が終わったからバイバイとはいかないのが貴族の面倒なところだな。

「逆にどのくらい滞在することになるんだろう？」

「具体的に言えないけど、こういう時は最低五日は滞在することになると思うよ」

ノルド父さんが過去の経験を元にして言ってくれる。

それくらい滞在しないと貴族の中ではもてなしたとは言えないらしい。後の塩梅《あんばい》はもてなす側ともてなされる側の話し合いで決まるようだ。

ノルド父さん、早くミスフィード家を脱出できるようにシューゲルとの交渉は頼みます。

天蓋付きベッドは魅力的だけど、屋敷が豪奢《ごうしゃ》過ぎて落ち着かないし、なにより公爵家の人が怖いから。

まったりと会話しながら今日の出来事の総括をしていると、不意にノルド父さんが振り返った。なにかを察知したかのような反応が気になって、俺も振り返ってみる。

すると、奥の柱に人影がサッと隠れるのが見えた。

だけど完全に姿を隠すことができておらず、白金色のツインテールが見事にはみ出していた。多分、ラーちゃんだろう。

俺たちは王都にやってきたばかりで疲れているだろうから、近づかないように言われているはず。でも、それでも遊びたくてこっそりと近づいてきた感じかな？

隠れたラーちゃんは少しして柱から顔を出した。そして、俺たちが見ているとわかると慌てて隠れて、またゆっくりと顔を出した。

……なにあの可愛い生き物。

「ふふふ、アルは本当にラーナ様に懐かれているわね」

微笑ましい光景にエルナ母さんの頬も緩んでいた。

うちにもあんな可愛らしい妹が欲しいものだ。

「ちょっと屋敷を探検してくる」

俺の意図を察したロレッタが、申し訳なさそうにしながらも嬉しそうに頭を下げた。

ソファーから立ち上がり、ラーちゃんの隠れている柱に近づいていく。

「アル！」

ラーちゃんが飛び出してやってきそうになるが、俺はそれを静止させる。

「待って。あっちにある階段を下りて一階で合流しよう」

「どうして？」

「今日は俺たちが疲れているだろうから、フローリア様に会いに行かないように言われてるでしょ？」

「うん、言われた！　でも、アルと遊びたい！」

親の言いつけを真っ向から破っていくこの破天荒さは嫌いじゃない。

「ラーちゃんの方から二階で接触すると怒られるけど、俺が勝手に歩き回って一階でラーちゃんと接触する分には何も問題はないよね？」

「そっか！　アルってやっぱり頭良い！」

「貴族は建前を重視するからね。こうやって相手の言い分の穴をつくと何とかなるよ」

「なるほど！」

俺の言葉を聞いて、ラーちゃんがぴゅーっと階段を下りて一階に向かう。

それを確認し、俺は悠々と階段を下りた。

「あっ！　ラーちゃんじゃないか！　時間を持て余して退屈しているんだ。よかったら一緒に遊ばないかい？」

「うん！　遊ぼう！」

建前を意識した口上を述べると、ラーちゃんは弾けるような笑みを浮かべ、使用人たちは苦笑いした。

◆

「アル、なにして遊ぶ？」

「屋敷の案内をしてくれると嬉しいな。とても広くてこのままだと迷っちゃいそうだから」

ミスフィード家の屋敷はかなり広い上に、かなりの部屋数がある。

このままだと迷ってしまう可能性があるので、そうならないように屋敷のことを把握したかった。

「いいよ！　私が案内してあげる！」

俺の願いにラーちゃんは快く頷いてくれた。

もっとわかりやすい遊びを好むかと思ったが、俺のために案内を引き受けてくれるとはいい子だ。

「んふふー」

廊下を歩いていると隣を歩くラーちゃんが、こちらをチラチラ見てはにんまり。

「ご機嫌だね」

「えへへ、屋敷にアルがいるのが嬉しくて！」

なんて可愛いことを言ってくれるのだろう。

釣られてこちらまで頬が緩む思いだった。

「『サイキック』」

歩いているとラーちゃんがホールの奥にある大きな二枚扉を魔法で開ける。

収穫祭の時に教えた時よりも魔法の扱いが上手くなっていることに気付いた。

「おっ！　サイキックを使うのがスムーズになってるね」

「やった！　アルに褒められた！」

褒めてあげるとラーちゃんは嬉しそうに飛び跳ねた。

しかし、嬉しそうな表情はすぐに曇ってしまう。

「でも、使い過ぎるとお母さんに怒られるの。そういうのは私がやることじゃないって」

あー、フローリアの言うことも一理ある。

ラーちゃんは俺のような貴族の端くれではなく、建国期から支えてきた高貴な血筋の貴族だ。

屋敷にはたくさんの使用人がいるし、ラーちゃん自らが扉を開けるという行為が望ましくないのだろう。

「公的な場では誰かに開けてもらって、今みたいな自由な時はじゃんじゃん魔法を使えばいいよ」

公爵家の振る舞いとしてフローリアの言葉には一理あるが、それが関係ない時までその通りにする必要はないと思う。

魔力は貯《た》めてたって意味がないし、使える時は使わないと損だ。

便利な道具があるのに使わない手はない。

「わかった！　そうする！」

きっぱりと告げると、ラーちゃんはどこかスッキリしたような顔になった。

せっかくラーちゃんが自主的に魔法を練習して上手くなっているんだ。今はその流れを断って
ほしくないと純粋に思った。

「こっちが大ダイニングルームだよ」

「おお、広いや」

二枚扉の先にはダイニングルームが広がっていた。

長いテーブルが設置されており、右側と左側で合わせて三十数人分の椅子が並んでいる。

大人数を招いて食事する時の部屋のようだ。

「こっちは小ダイニングルーム」

左側の扉を開けて進んでみると、こっちには十人ほどが利用する程よいダイニングルームが
あった。

良かった。一般的なダイニングルームがあって。さっきみたいな広い場所だとさすがに落ち着
かないからね。

小ダイニングルームを抜けるとホールへと続く廊下があり、応接室やテラス、事務室なんかが
あるらしい。こちらは至って普通の部屋だ。

西側を見終わると、今度はホールを抜けて反対側へと行ってみる。

東側の廊下にやってくると、たくさんの使用人が慌ただしく動き回っていた。

「こっちは厨房とか配膳室があって、奥に抜けると使用人の部屋があるよ」

説明を聞きながら歩いていると、とてもいい匂いがした。

食材を炒める音や、包丁で食材を切る音、食器がこすれ合う音に混じって、料理人たちの怒声のようなものがひっきりなしに聞こえる。

「夕食前で忙しそうだし、こっちを見るのはやめておこうか」

「わかった！」

事前に察知したとはいえ、俺たちがやってくると知ったのは今日だ。

急に来客用の食事を作ることになって、厨房はきっと修羅場に違いない。

そんな雰囲気の中、呑気に探検する気にはならなかった。

そんなわけで俺とラーちゃんは引き返す。

「どうする？　二階を見る？　それとも三階を見る？」

「三階でお願い」

二階は贅沢にもスロウレット家にあてがわれている。

暇な時に適当に一人で散策すればいい。

そんなわけで二階はすっ飛ばして三階へと上がることに。

屋敷が大きいだけに階段も長いな。ミスフィード家の屋敷じゃなかったら魔法を使うところだ。

「そういえば、シェルカはいないんだ？」

「お姉ちゃんならまだ学園だよ。もうすぐ帰ってくると思う」

あの過保護な姉が、いつまでも出てこないことに違和感を抱いていたが、そもそもまだ屋敷に帰ってきていなかったようだ。道理で静かなわけだ。

「前に言っていたお兄さんも学園？」

「うん、ギデオン兄は研究室に籠ってるから、いつ帰ってくるかわかんない」

こちらはそもそも帰ってくるかも不明のようだ。

こちらはどんな人物かは知らないけど、今はシューゲルとフローリアだけで精一杯なのでできれば顔を合わせたくないや。

「おっ、ここにも大きな魔道具型シャンデリアだ」

階段を上がって三階にたどり着くと、ここでも大きな魔道具型シャンデリアがお出迎えだ。

「……アル、あれが気になるの？」

「俺の屋敷にも魔道具はあるけど、これほど大規模なものはないからね」

「じゃあ、見せてあげる！　『サイキック』」

まじまじと眺めていると、ラーちゃんが魔法を使ってシャンデリアを下ろした。

突然の行動に驚いたけど、シャンデリアはチェーンで繋がっているし、魔法制御はしっかりとされていたので地面に激突することはないのがわかって安心した。

シャンデリアが、ゆっくりとカーペットの上まで垂れてくる。

「へー、天井に魔法陣が刻まれてるんだ」

見上げると、天井には魔法文字が描かれていた。

腕木には無属性の魔石が埋め込まれており、先端まで魔力が伝って点灯するという仕組みなのだろう。

こんな大きな魔道具をじっくりと見る機会はなかったので興味深いや。

「アルは魔道具が好きなの？」

「そうだね。魔道具があれば生活がうんと楽で豊かになるから」

ある程度の不便は魔法で解決できるけど、できるなら労力はかけたくないからね。

魔道具で楽をできるのであれば楽をしたいじゃないか。

「あはは、理由がアルらしい！　他にも魔道具があるから案内するね！」

「おお、見せて見せて」

他にも魔道具があるのなら是非見てみたい。

案内を頼むと、ラーちゃんはホールに置かれている鎧像に近づいた。

「もしかして、これも魔道具なの？」

「そうだよ！」

ラーちゃんは頷くと、鎧像が手にしている剣の柄《つか》を押した。

カチリという音が鳴ると、ヘルムのバイザー部分が開き、炎が噴き出した。

……剣士の癖に火を吐くんかい⁉

射出された炎はホールの階段部分まで届くと虚空へ消えた。

「び、ビックリした」

「あはは！　アル、すごく驚いてる！」

ギョッとした表情をする俺を見て、ラーちゃんが無邪気に笑う。

どうやら侵入者撃退用の魔道具のようだ。

屋敷が燃えないように威力と範囲が設定されているとはいえ、とても心臓に悪い。

「こっちの薬指を押すとね、ウインドカッターが飛び出すよ！」

「わかった！　わかったから、危ない魔道具を使うのはやめておこうか！」

面白がったラーちゃんが、さらに物騒な仕掛けを発動しようとしたので、俺は慌てて止めた。

屋敷に傷がつかないように設定されているだろうけど、見ていてとてもハラハラする。

ミスフィード家の誰かや、使用人が上ってきたらと思うとゾッとする。

さすがは魔法貴族だけあって、防衛意識も高いんだな。

というか、この魔道具は部外者である俺に教えてもいいものなのだろうか？　その辺りもちょっと不安だ。

「できれば、もっと平和な魔道具が見たいな」

こういう隠しギミック的な魔道具も嫌いではないが、できればもっと安全な魔道具の方がいい。

さっきのシャンデリアみたいな。

「うーん、平和な魔道具？」

そんな要望を伝えると、ラーちゃんは唸る。

この屋敷にはそんなに物騒な魔道具が多いのか……。

「あっ！　庭にある噴水も魔道具だよ」

うんうん、そういう平和なものが見たかった。

「いいね。見てみたい」

「わかった。じゃあ、お外行こ！」

ミスフィード家の晩餐

I want to enjoy slow Living

一階に下り、外に出ようとするとミスフィード家の執事が上着を持ってきてくれた。

とても助かるが、俺の背丈にもピッタリというのは用意周到過ぎてちょっと怖かった。

玄関を出ると中央には大きな噴水があり、水路を通って緑地へと流れているようだった。

ラーちゃんは噴水に近づくことなく、少し離れた芝へと移動。

べりっと芝をひっくり返すと、そこには四角い制御装置みたいなものが埋まっていた。

「このボタンを押すと、水が動物さんになるの！」

そう言いながらラーちゃんがボタンを押すと、ただ噴き出すだけの噴水が変わった。

魔道具による水魔法の制御が加わり、馬、ウサギ、犬、クマといった可愛らしい動物の輪郭へと変わる。

「これはこれでとても面白いけど、ちょっと地味だね」

侵入者の迎撃の魔道具はあんなにユーモアで派手なのに、どうしてこっちにはそれがないのか。

「もっと派手に噴き出させたら面白くなるんだけどな」

「派手って、どんな風に？」

俺がイメージしているのは遊園地などで催される、ウォーターショーだ。音楽と光と水のエンターテインメント。魔法を組み合わせたら面白くできそうだな。

「夕食の後で見せてあげるよ。面白く見せるには暗い時間がいいから」

「わかった！　楽しみにしてる！」

ラーちゃんが頷いたところで、こちらへ向かってくる馬車が見えた。

「あっ！　お姉ちゃんだ！」

どうやらシェルカが魔法学園から帰ってきたらしい。

ラーちゃんが嬉しそうな声を上げると、傍までやってきた馬車の扉が開いた。

「お姉ちゃん！」

「ラーナ、ただいま」

下車するなり抱き着いてきたラーちゃんをシェルカが優しく抱き留める。

シェルカの服装は以前王都で出会った時と同じく魔法学園の制服だ。

ただ約一年が経過しているから、背丈はちょっと伸びている。

ラーちゃんと同じ綺麗な白金色の髪に、スラリと伸びた手足。既に美人な女性の片鱗《へんりん》を見せ始めていた。

この時期の子供の成長は著しいな。

シェルカの変わりようを見て、そんなことを考える俺は年寄りくさいのかもしれない。

ラーちゃんをひとしきり撫でると、シェルカはツンとした表情を向けてきた。

ラーちゃんと同じくらい愛《め》でろなどとは言わないが、もうちょっと優しい視線をほしい。

「久し振りね。アルフリート」

「お久し振りです、シェルカ様。お元気そうで何よりです」

「前回はよくも私をハメてくれたわね？」

にっこりと笑っているが額には青筋が浮かんでいる。

王都でブラムを魔法に誘導し、処理させたことを根に持っているらしい。

「ハメたなどとは人聞きが悪いですよ。そもそも街中で魔法の行使などしなければ、起きなかった事故です」

遠回しにシェルカの落ち度を指摘すると、彼女はうめき声をあげた。

その部分に関しては彼女に大きな落ち度があるので、強くは言えないだろう。

「まあ、その件に関しては改めてこっちで処理をしたので」

「そ、そう。なら、水に流してあげる」

ブラムの件が終わったことを告げると、シェルカはそれ以上突っ込んでくることはなかった。

「にしても、やっぱりこっちにきたのね？」

「ミスフィード家から手紙が届けば、男爵家として訪ねる他ないですよ」

「……もっと普通に喋《しゃべ》りなさいよ。アルフリートに敬語を使われると違和感しかないわ」

「じゃあ、公的な場所以外はこんな感じで」

シェルカがあまりに苦い顔をするので、ラーちゃんと話す時のような口調に切り替えた。

王都であんな風に追いかけっこをしたんだ。

取り繕うにもしっくりこないのは俺も同じだった。こっちの方が話しやすい。

「ね、ねえ、呑気に庭で遊んでるってことは、父上との話し合いは済んだってことよね？」

シェルカが歯切れ悪そうに尋ねてくる。

妙に顔が赤いことから勘違い事件について知っているのだろう。

「うん、誤解は解けたよ。まあ、冷静になれば、誰でもすぐに気付くことだしね。そもそもあり得ないことだし」

「……そ、そうね。まったくパパってば早とちりし過ぎなんだから」

なんだかシェルカが妙に動揺している。言葉遣いが父上からパパになっているし。

「な、なによ？」

ジットリとした視線を向けると、シェルカが居心地悪そうな顔になる。

「……もしかして、シェルカも勘違いしてた？」

「そ、そんなわけないでしょ！　というか、乙女になにを聞いてきてるのよ変態！」

思わず尋ねると、シェルカの顔がさらに真っ赤になった。

年ごろの女の子に振るには良くない話題だな。

このことについてこれ以上触れるのはやめておこう。

「くちゅん！」

話題がひと段落したところでラーちゃんが可愛らしいくしゃみを漏らした。

「ずっと外にいると身体が冷えるわね」

「そうだね。そろそろ屋敷に戻ろうか」

「二人とも馬車に乗りなさい」

ラーちゃんの体調を心配する気持ちは、俺とシェルカで一致している。

さっきまでのツンケンしていた会話が嘘のようにスムーズだった。

◆

ラーちゃんとの魔道具探索を終えて屋敷に戻り、のんびりとしていると夕食の時間となった。

ロレッタに先導されて、ノルド父さん、エルナ母さん、俺は小ダイニングルームへと移動する。

小ダイニングに入ると、既にミスフィード家の面々は着席している。

入り口の手前側からラーちゃん、シェルカ、フローリアが座り、当主であるシューゲルは見渡しのいい誕生日席だ。

ミスフィード家の使用人が奥側の椅子を引いてくれたので迷わずにスロウレット家はそこに座る。

こういう時、どこに座るか迷ったりするので、こういった配慮は嬉しい。

まあ、俺は立場が一番下だから下座に腰かければいいだけなんだけどね。下っ端万歳。

「本来であれば、長男であるギデオンも紹介したいのですが、学園の用事がまだ終わらないようで紹介は後日とさせてください」

「いえいえ、お気になさらず」

ラーちゃんの言っていたお兄さんって人は、まだ学園から帰ってきていないようだ。

フローリアが申し訳なさそうにし、ノルド父さんが恐縮していた。

真っ白なテーブルクロスが敷かれたテーブルの上には、食器が並んでいる。

ただの食器なのに装飾が凝ったものが多く、一目でお高いんだろうなとわかった。

ミスフィード家の執事がグラスにワインを注いでくれる。俺は未成年で呑めないのでブドウジュースにしてもらった。

きっちりとキッカ産のものを仕入れている辺り、ここの使用人はできるな。

執事が飲み物を注いでいる間、大人たちは最近の貴族事情や、領地なんかの話をして場を繋いでいた。

こういった時に下っ端は前に出る必要はない。やはり下っ端は最高だ。

小難しい話は大人に任せておけばいい。

「食事を運んでくれたまえ」

それぞれのグラスに飲み物が注がれると、シューゲルがそう言った。

すると、ダイニングの扉が開き、次々とメイドがワゴンを押してくる。

「キングロブスターのサラダ、トリュフ風味のオレンジジビネグレットソースです」

メイドが料理名を教えてくれるが、名前がとても長くて一度では覚えられなさそうだ。

どうやらコース料理のような感じで出てくるらしい。

シルフォード家のような好きなものを好きなだけ取れ、という方が気楽なのだが、公爵家ともなるとそうはいかないのだろうな。

まあ、全員が揃って食事をするのは初日くらいのものだ。

堅苦しいのは今日だけだろうし、今夜は我慢しよう。

シューゲルの音頭《おんど》でグラスを掲げて乾杯。

ブドウジュースで喉を潤して、サラダを食べることにする。

お皿には葉野菜などの野菜が盛り付けられており、赤々としたキングロブスターの身が飾り付けられていた。ソースのかかり具合もとても綺麗で見た目が美しい。

こういうオシャレな料理を屋敷で食べることはないので、ちょっと新鮮だ。

キングロブスターの身が大きいので、ナイフで切り分けてから口へ。

プリプリとしており、とても歯応えがあって気持ちいい。

噛《か》みしめると濃厚なエビの味が染み出し、海の風味が感じられた。

「王都でキングロブスターが食べられるとは思いませんでした」

「港町エスポートで獲れたものを、魔法で冷凍させて運んでいるのだ」

感嘆のこもったノルド父さんの声に、シューゲルが泰然と答えた。

なんてことがないように言っているが、氷魔法使いはとても貴重だ。それを雇用し続けるだけで、莫大《ばくだい》な給金が必要とされるので大変だ。

それをなんてことがないように言うのだから、公爵家の財力はすごいや。

でも、やっぱりエスポートで食べたものよりも風味が弱くて、若干水っぽいかも？　冷凍して運べるとはいえ、この問題はどうしようもないな。

そう思うと、鮮度まで維持できる空間魔法は最強だ。

サラダを食べ終えると、次はフォアグラのソテー、甘鯛《あまだい》のポワレ、赤牛のグリルなどと順番に料理が出てくる。

それらの料理はどれも美味しく、俺は黙々と食べることに集中した。

公爵家の料理を食べる経験なんて、この先滅多にないからね。会話は大人に任せればいい。

「アルフリート殿は魔法が得意だと娘から聞いた。なんでもいくつかの魔法を無詠唱で使える程だとか」

なんて思って呑気に食べていると、急にシューゲルから会話を振られた。

「母上の指導がとてもいいからですよ」

「無詠唱は指導がいいからといって使えるものではなく、本人の資質が大きい。習得できたのはアルフリート殿の才能だ。謙遜しなくてもいい」

そうなのだろうか？　俺にはよくわからないが、魔法学園の学園長であるシューゲルが言っているのだからそうなのかもしれない。

「ありがとうございます。恐縮です」

「魔法学園に興味はないか？　興味があれば、私の力で入学させることもできる」

ノルド父さんとエルナ母さんに視線をやると、こちらも驚いている様子だ。

エルナ母さんの目が、「私たちは頼んでない」と語っている。

どうやら馬車での話し合いが功を奏していたようで、余計な気遣いをされたわけではないようだ。

でも、それはそれで驚きだ。まさか頼まれたわけでもないのに、シューゲルがこんなことを言い出すとは。

「いえ、結構です。私は学園に通うことに興味はないので」

シューゲルの誘いを俺はきっぱりと断った。

相手が公爵家だろうと関係ない。いくら偉い人の誘いでも学園に通うつもりはなかった。

「興味がない？　その年で無詠唱ができるほどの技量であれば、宮廷魔法使いを目指すことも可能だぞ？」

「そういったものに興味はありません。私は父上や母上のように自由に生き、見聞を広めたいので」

「ふむ、本人にその気がないならば仕方がないか」

元冒険者である両親の影響を受けたという言い訳は、シューゲルにも納得できたようだ。

「入学してくれれば、シェルカのいい友達になってくれると思ったのだが……」

「ちょっとやめてよパパ！」

シューゲルの漏らした言葉に、シェルカが顔を赤くしながら言う。

ああ、そういえばシェルカは飛び級なせいで学園に友達がいないんだったな。

「アルフリート、その顔やめて。すっごくムカつく」

エリノラ姉さんにもよく言われる台詞だ。

どうやら俺の哀れむ顔は、大層相手を苛立たせてしまうらしい。

「ラーナが話してくれたのですけど、アルフリート様はこの後庭でとても面白いものを見せてくださるのだとか。どのようなことをなさるのですか？」

魔法学園の話題が終わってホッとしたところでフローリアから話しかけられた。

なんで俺に話しかけるの？

「面白いものかはわかりませんが、魔法を使ったウォーターショーのようなものをやってみようかと思いまして」

「まあ、とても興味がありますわ。よろしければ、私も一緒に見ても構いませんか？」

「構いませんよ」

ミスフィード家の庭の水を借りてやるんだし、ダメなんて言えるはずがない。

「ふむ、どのように魔法を扱うのか気になるな」

「ラーナにもしものことがあったら危ないから私も見に行くわ」

どうやらミスフィード家が勢揃いで見に来るらしい。

ラーちゃんに見せるちょっとしたお遊びが大事になってしまったな。

ノルド父さんとエルナ母さんからの「今度は何をするんだ」というような視線が痛いくらいに突き刺さっていた。

ウォーターショー

I want to enjoy slow Living

夕食を食べ終わると、俺は一足先に屋敷の庭に出ていた。

既に太陽は沈んでおり、空は闇色に包まれている。

各所に配置された魔道ランプの光が、ぼんやりと庭園を照らしていた。

……どうしよう。水と光を使って軽くウォーターショーの原型みたいなものを見せるくらいに考えていたのだが、これだけの面子が集まるとショボいものは見せられない。

水と光は俺の魔法で何とでもなるのだが、音楽ばかりは難しい。

風魔法で風を吹かせて簡単な音を鳴らしたりはできるんだけどなぁ。

「どうかしたのか？」

噴水の前で考え込んでいると、シューゲルがやってきた。

「ウォーターショーをより面白いものにするために、音楽が欲しいなと思いまして……」

「ふむ、それなら私が奏でてやろう。ヴァーシェルを持ってこい」

「え？」

なんて言ってみると、シューゲルは使用人に何かを命じた。

程なくして使用人が木製の楽器らしきものを持ってきてくれて、シューゲルは庭園にあった椅子に腰かけた。

抱えるようにして持つヴァーシェルという楽器は、リュートのようだ。

しかし、肝心の弦が見えない。弦がなければ弾くことはできないんじゃないだろうか。

首を傾げているとシューゲルの指先に魔力が集まった。

集まった魔力は細長くなって放出され、ヴァーシェルの弦となった。

「おお、魔力が弦に！」

「ヴァーシェルは魔法使いのみが演奏できる魔道具だ。己の魔力で弦を紡ぎ、魔力の込め具合で如何様《いかよう》にも音を変化させられる」

説明しながらシューゲルは魔力を変化させ、弦を五本から七本に。七本から十本。十本から三本へと変化させる。

さらに弦を弾いて様々な音を鳴らす。ピアノのような音からヴァイオリンのような音まで幅広く、魔力の込め具合で本当に音が変わっていた。

「すごいですね！　そんな魔道具があったとは！」

「ヴァーシェルには音のすべてが詰め込まれている。これができれば、どの楽器でも弾くことができるだろう」

そう語るシューゲルの表情はとても誇らし気だった。

「少し弾いてみるか？」

「ありがとうございます」

「とはいっても、まずは魔力で弦を張ること自体が難しいのだが……」

ピインッ！　ピインッ！

「なぬ？」

シューゲルから貸してもらったヴァーシェルに魔力で弦を通して弾いてみた。

魔力で作った弦なのに音が鳴った。すごいや、どういう仕組みなのだろう？

試しに魔力の質量を上げて、細長くするイメージで張り直してみる。

すると、さっきよりも甲高い音が響き渡った。

逆に質量を下げて緩めてみると、低い音が鳴った。

「本当に魔力の質で音が変化するんだ」

とはいえ、この世界の楽器に俺はあまり触れたことがない。

前世で熱心に音楽に打ち込んでいれば、ちゃんと音がわかるのかもしれないが、素人《しろうと》の俺にはハードルが高い。

ピアノの鍵盤のようなイメージで魔力弦を張り直す。

すると、ピアノのような音が鳴って、弦の音がわかりやすくド、レ、ミと掴みやすくなった。

「猫、ふんじゃった……猫、ふんじゃった……」

「なんだその歌は？」

「猫を踏んでしまった曲です」

「私の知らない曲だ」

「今、適当に作りましたから」

などと言うと、シューゲルが息を呑み、目を見開いた。

「……アルフリート殿、君は音楽の才能があるのではないか？」

前世を隠すための咄嗟の言い訳だったけど、初めて触った楽器で自在に音を鳴らし、即興で曲を自作。エピソードだけを聞けば、まるで天才のようだ。

やめて。そんな天才を見るような目で見ないで。

「魔法学園の授業ではヴァーシェルにも力を入れている。是非、検討してみないか？」

せっかく学園の話が済んだというのに、ヴァーシェルのせいで違うところで勧誘が再燃してしまった。

「いえ、結構です。それよりもウォーターショーをやりましょう。あまり皆さんを待たせるのは申し訳がないので」

「むう、それもそうか。この話はまた後にしよう。それで弾く曲はどのようなものがいい？」

「できれば誰もが知っている曲で、メリハリのあるものがいいです」

「ならば、これでどうだ？」

「あ、最高ですね。それでいきましょう」

シューゲルが弾いてくれたのはドラゴンスレイヤーの劇で流れる序章曲だ。

それなら俺も知っているのでショーと合わせやすいし、皆も知っているのでハッピーだ。

二人の羞恥心についてはこの際、置いておくことにしよう。

シューゲルはこれから曲を演奏するためにヴァーシェルを弾いて、音の調節をしている。時折、俺の弾いてみせた音が鳴るので、前世の曲に興味があるのだろうな。

今は猫の曲よりもドラゴンの曲を弾いてください。

なにはともあれ、これで最大の難関である音はクリアだ。あとはいつも通り、自分にできる魔法を駆使してやればいい。

頭の中でどのように水を動かし、光を当てるのかなどを考えていると、玄関から続々と人の気配が出てきた。

ノルド父さんとエルナ母さんがヴァーシェルを持っているシューゲルにギョッとしていたが気にしない。

「アルー！　ウォーターショー見せて！」

「いいよ。今から見せてあげるね」

ラーちゃんが待ちきれない様子なので、俺は早速ウォーターショーを始めることにする。

しっかりと上着を着ているとはいえ、外の夜はとても寒いからね。

「これから音楽と光と水のウォーターショーをはじめます。噴水の近くでは水が飛び散る恐れがありますので、ご注意ください」

はじまりの口上を述べると、俺はシューゲルへと視線を向ける。

シューゲルは頷くと、ヴァーシェルを弾き始めた。

冒険の始まりを感じさせるワクワクとした旋律。

それと合わせるように水魔法と無魔法を発動。

二十メートルほどの水柱が三十本ほど出来上がり、無属性のライトによって照らし出された。

「わーっ！」

ライトアップされて一斉に噴出した水に、ラーちゃんが歓声を上げげた。

俺は水柱をすべて維持しながら無属性魔法を調整。

ライトを通常の色から赤へと一斉に変えて明滅させた。

高く噴出させた水をわざと落とすと、また水を噴出させる。

今度は初めからライトの色を変えており、青色の水が一気に噴出した。

「すごいすごい！　水がとっても綺麗！」

続けて二列目、三列目と水柱を立てていき、ライトの色を緑、黄色と変えてイルミネーションのようなものを表現した。

シューゲルの旋律に合わせるように水柱を落としては、噴出させたりを繰り返す。

旋律が激しくなれば水柱を荒々しく高く打ち立て、緩やかになれば柔らかくゆっくりと打ち立てる。

そうやって魔法を使っていると、旋律が徐々に激しくなっていくのを察した。

次は曲がもっとも盛り上がる部分となるので、一層と盛り上がるように水柱をこれまでよりも高く打ち上げた。

それでいながら中央にある円形の噴水を花にみたて、外側へと拡散していくように水を噴出させていく。勿論、それと同時に無魔法も調整して色合いを適宜変えていく。

派手な光彩と見事なスプラッシュにラーちゃんだけでなく、フローリアやエルナ母さん、使用人たちの歓声も聞こえた。

シューゲルも興奮しているのか、ヴァーシェルの音に様々な楽器の音が混ざり、アレンジも加えてきている。

魔法を使っていると俺も楽しくなってきて、シューゲルのアレンジに合わせて、水を動かしながら水龍を作りだした。

「ドラゴンだーっ！」

カグラの水龍をモチーフにしたドラゴンはラーちゃんに大うけだ。

ライトで身体を光らせたり、目を表現しているので迫力もバッチリだ。

水柱の間を縫うように水龍を動かし、宙を駆けさせていく。その様はまさに水上を支配するドラゴンそのもの。

そこに水魔法で象《かたど》ったノルド父さん、エルナ母さん、バルトロなどの冒険者が集い、水龍とぶつかっては激しく水が飛び散る。

そして、最後に決まるノルド父さんの一振り。

首を落とされた水龍は崩れ落ちて水に還り、宙には剣を掲げるノルド父さんと寄り添うエルナ母さんが佇み、勝利を祝うように水柱が派手に噴出。

その動作とともにシューゲルの演奏が終わった。

途端に湧き上がる拍手の音。

お庭の水を借りて遊んだ身としては頭を下げてペコペコするしかない。

派手に水を巻き上げたせいで庭がビショビショになっているけど許してください。

「アルー！　すごかったし、面白かった！」

拍手が終わるよりも前に興奮した様子のラーちゃんが駆け寄ってきた。

「喜んでもらえて良かったよ」

語彙力はないけど楽しかったのだけは伝わった。

「お姉ちゃんはどうだった？」

「…………」

「お姉ちゃん？」

「フ、フン！　まあまあね！」

ぽかーんとしていたシェルカだが、ラーちゃんに袖を引っ張られると遅れて反応を示した。

まあまあなどと言っている割には、随分と熱心に見ていた気がする。

近くに寄り過ぎたせいでちょっと制服が濡れているし。

「まさか、水魔法と無魔法を使ってこのようにショーを見せて頂けるとは。私、感動いたしました」

「うむ！　予想以上に素晴らしいショーであった！」

フローリアとシューゲルからもお褒めの言葉を頂いた。

よかった。公爵家の人たちを喜ばせることができて。

ショーを無事に終えることができて満足したので、速やかに屋敷に戻る。

シェルカをはじめとする何人かは派手に水を浴びていた。寒空の下で滞在するのは良くないしね。

テクテクと屋敷に戻ると、玄関ではとてもいい笑顔を浮かべてエルナ母さんとノルド父さんが待ち受けていた。

「アル、最後のあの演出は何かしら？」

「父さんたち、気になるなぁ」

「ショーを盛り上げるための、ちょっとした演出だよ？　別に去年ドラゴンスレイヤーの劇を見に行って、咄嗟に思いついたわけなんかじゃないからね？」

アルとラーちゃんと秘密の部屋

I want to enjoy slow Living

やたらと長い夜の話し合いを終えた翌朝。

「おはよう、アル！」

自室で朝食を食べ終わると、ラーちゃんが急に扉を開けて入ってきた。

「はひっ⁉」

ちょうど空き皿を下げようとしていたミーナが、扉の音に驚いて手から皿を滑らせる。

俺は咄嗟にサイキックでフォローしようとしたが、それよりも早くミーナがダイビングキャッチをして事なきを得た。

「「おおー」」

あまりにも鮮やかな滑り込みに、俺とラーちゃんは思わず拍手。

「はっ、はっ、はっ、はっ！」

肝心の褒められた本人は、顔を真っ青にして必死に空気を取り込んでいる。

まるで死地をギリギリ切り抜けて帰ってきた戦士のようだ。

無理もない。公爵家が客人用に用意している皿だ。

ミーナの年給何年分になるかと考えると、必死になるのも無理はなかった。

「本当に危なかったですけど、なんとかセーフに持ち込めました」

その代わり女性としての尊厳は大きく損なっている気がするが、今さらそこを突っ込む必要はないだろう。

ミーナは赤子のように大事にお皿を抱えると、ワゴンへと慎重に載せた。

「あはは、ミーナは駄メイドだねー」

「駄メイドって呼ばないでください、ラーナ様～」

そのように言うミーナだが、たった今駄メイドであるシーンを見られたのでどうしようもないだろうな。本人もそれがわかっているのか涙目だった。

「おはよう、ラーちゃん。今日は特に用事はないの？」

「ない！　だから、一緒にあそぼう！」

「いいよ」

「やったー！」

俺が快諾すると、ラーちゃんは嬉しそうに跳ねた。

白金色のツインテールがぴょんぴょんと揺れる。

「駄メイドも来る？」

「私はお食事を下げてから、色々とお手伝いがあるので」

「わかった。駄メイドはまた今度ね」

「……はい」

駄メイド呼びされたままのミーナは、しょんぼりとした様子で返事した。

ラーちゃんに連れられてひとまず部屋を出る。

「今日はなにする？」

「うーん、何しようかー」

昨日の続きである屋敷内探索をするべきか、それとも何かラーちゃんのやりたいことをするべきか。

廊下を歩きながら考えていると、使用人とは違った知らない男性が階段を上ってきた。

銀色の髪に切れ長の瞳をした青年。

シェルカとは少しデザインの違った魔法学園の制服を着ており、黒いマントを纏っている。

恐らく、この人がラーちゃんとシェルカの兄なのだろう。

「ギデオン兄、お帰り！」

「ああ」

ラーちゃんが笑みを浮かべて近寄るも、ギデオンは軽く頷いて通り過ぎる。

あんな可愛らしい笑顔をあっさりと流せるなんてすごいな。

「……誰だお前は？」

感心していると、不意にギデオンが立ち止まってこちらを見た。

「アルフリート＝スロウレットと申します。シューゲル様に招かれて、しばらくの間滞在させていただくことになりました」

「あー、父上とシェルカが酷い妄想をしていた事件の関係者か。災難だったな。うちでは好きに過ごすといい」

「ありがとうございます」

あまり気持ちのこもっていない言葉をかけると、ギデオンはそのまま歩き去った。

どうやら他人にあまり興味がないタイプのようだ。

年齢も十歳くらい離れているし、特に話すことはないと思われたのだろう。

「大人びたお兄さんだね」

「でも、魔法が関わると落ち着きがなくなるんだよ」

「そうなんだ」

軽く言葉を交わした感じではかなりドライな性格をしたお兄さんという感じだ。

魔法で落ち着きがなくなるというのが、ピンとこないや。

「今日は三階を案内しようか？」

「いいね。そうしよう」

昨日は三階の案内よりも魔道具の探索を優先してしまったので、未だに三階はどのような構造をしているか知らない。

というわけで、俺とラーちゃんは三階へと上がることにした。

「三階は主にどういうフロアなんだい？」

「主に私たちが生活してる場所だよ！」

ラーちゃんの話を聞く限り、一階は食事や来客のもてなしをするためのフロアで、二階が来客を宿泊させたり交流をしたりするためのフロアらしい。

そして、三階はミスフィード家が生活をするための空間のようだ。

ラーちゃんに案内されて歩いてみると、他のフロアと違って装飾が落ち着いている。

公爵家の威厳を見せつけるために、一階や二階は調度品を豪華にしているのだろう。

他のフロアに比べて暮らしやすそうな空間だな。

「ちなみにこっちがパパの寝室だよ」

「そうなんだ」

東側にある最奥《さいおう》部分にやってくるとラーちゃんが紹介してくれる。

書斎とか、遊戯部屋ならともかく、シューゲルの寝室を知ったところで何も嬉しくない。

なんて思っているとラーちゃんがガチャリと扉を開けて入ってしまう。

さすがにシューゲルの寝室に俺が入れるわけがない。

「アルもおいで！」

「ええっ⁉」

扉の前で困惑して立っていると、ラーちゃんに腕を引っ張られて入ってしまう。

ちょちょ、寝室で寛いでいるシューゲルに会うことになるの？　それってどんな状況？

シューゲル様は公爵家の当主だし、改めて話すのは気まずいんだけど。

焦りながら視線を巡らせると、寝室には誰もいなかった。

そのことに心からホッとする。

「シューゲル様はいないみたいだね」

「みたいだねー」

俺とは反対にちょっと残念そうに呟くラーちゃん。

この部屋には色々な魔道具が置かれていることだし、俺に魔道具を見せてあげたいと思ったのかもしれない。

とはいえ、家族でもない俺が勝手に人の寝室に入るのはよろしくない。ラーちゃんを諫《いさ》めて出ていこうとしたが、ふと気になることがあった。

「うーん、変だね」

「なにが？」

「屋敷の構造と部屋の間取りが合わないんだよね。本来ならもうちょっと部屋が広くてもいいはずなんだけど」

ラーちゃんに案内してもらって把握した屋敷の構造と、実際の広さが微妙に合っていなかった。

建築に詳しいわけでもない俺が、こんなことに気付いたのは空間魔法によって空間把握力が上がっているからなのだろう。とにかく、空間の幅が合っていなかった。

「そうなの？」

「うん、こっちに何か空間がないとおかしい気が――」

ぺたぺたと壁を触りながら首を傾げていると、ガコンと壁のブロックが沈んだ。

「あっ」

ただそれだけでは足りない気がしたので、試しに魔力を流してみる。

すると、壁一面に魔法陣が広がり、ブロックがひとりでに左右に動いていき新しい扉が出てきた。

「わー！　すごーい！」

「おー！」

思わぬ仕掛けを見てラーちゃんだけでなく、俺も感嘆の声を上げてしまった。

空間の使い方がおかしいと思ったのも、奥に隠し部屋があるのであれば納得だ。

「アル！　入ってみよ！」

すごく入りたい。でも、寝室の奥にある隠し部屋だなんて、きっと重要な何かがあるに違いない。シューゲルの新しく開発した魔法とか、魔法の法則に関する論文だとか、すごい魔道具だとか。

俺の中の理性がやめておけと叫んでいる。

「アル！」

でも、目の前にいるラーちゃんはすごく入りたそうだ。

こちらを見上げる瞳はとてもキラキラとしている。

俺はラーちゃんの行動力を知っている。

仮にここで俺が諭したところで、ラーちゃんは後日一人で入ってしまうに違いない。

そこでもし事故のようなものが起きてしまえば、すごく後味の悪いことになるだろう。

奥にどんな部屋があるかわからない以上、ラーちゃん一人で行かせるよりも俺が付いていった方がいい気がする。

「奥の部屋には危ない魔道具とか、実験道具があるかもしれない。俺の言う事をちゃんと聞けるなら付いていってあげるよ」

「わかった！　アルの言う事ちゃんと聞く！」

「なら、ちょっとだけ冒険してみよう」

ニシシと俺とラーちゃんは笑い合う。

色々と理由をつけてはいるが、俺も隠し部屋というロマンに抗《あらが》えないのだった。

こんなカッコイイ魔法的なギミックを施した先に、何があるのか気になるだろう？

◆

そういうわけで俺が先導して扉を開けてみる。

扉の先には真っ暗な部屋が広がっていた。

「暗いからちょっと明るくするよ」

「うん」

ライトボールを浮かべると、真っ暗な部屋が照らされた。

室内には妙に生活感のある家具があるのだが、他の部屋と比べて整然としていない。

家事に慣れていない男が自分なりに整理整頓してみたと言わんばかり。

「ただの部屋？」

室内を見渡してラーちゃんがガッカリした声を漏らす。

これだけ派手な隠し扉を用意しておいて、ただの部屋というのは納得がいかない。

間取り的にこれ以上奥に空間があることはあり得ないので、何かがあるとすれば下だろう。

そう考えて赤いカーペットを捲り上げると、木製のハッチが出てきた。

「ビンゴ」

「なにこれ⁉」

「多分、下に続く階段があるんだ」

「へー！　でも、開かないよ？」

「そんな時は無魔法のサイキックを使えば解決」

ハッチにかかっている鍵の構造を確認すると、サイキックを使って開錠した。

「サイキックで鍵が開けられる⁉　すごい！　どうやるの⁉」

「後で教えてあげるよ」

「わーい！」

ハッチを開けると、下へと続く階段が見えた。

階段の長さからして俺の滞在している二階にたどり着くわけではなさそうだ。

「下りてみよう」

「うん！」

ここまで来ると、最早引き返すという選択肢はなかった。

まったく日光が入らないせいで階段も真っ暗だ。

光源が足りないのでライトボールを増やして、階段を明るくした。

ラーちゃんが転ばないように逐一様子を見ながら階段を下りていく。

この階段はどこに繋がっているんだろう？　下っている感じからして二階ではなく、一階なんじゃないかと思う。

屋敷の一階の東側と言えば、厨房や配膳室の他に使用人の寝室なんかが……。

「あっ」

「どうしたの、アル？」

「……いや、なんでもないよ」

脳裏に妙な推測が浮かんでしまったが、俺はすぐに打ち消した。

いくらなんでも邪推が過ぎる。

ミスフィード家は魔法貴族だ。当主であるシューゲルが隠している秘密の部屋には、きっと素晴らしい魔法研究の数々があるに違いない。

きっと、そうなのだ。というか、そうであってほしい。

「扉だ！」

そうであってほしいと願いながら階段を下っていくと、扉が見えた。

「危ないものがないか確認するから、ちょっと下がっててね」

「うん！」

俺との約束をしっかり覚えているラーちゃんは素直に下がってくれた。

安全かどうか確認するというのは建前だ。

もし、ここにあるものが俺が予想してしまったものであれば、ラーちゃんを通すわけにはいかない。

扉に魔法的な仕掛けがないか確認するフリをしつつ、俺は扉の隙間から中を窺う。

さすがに真っ暗で様子がわからないので、こっそりとライトで照射してみる。

すると、そこには寝室があったではないか。

当主の寝室と使用人の寝室が繋がっている理由なんて一つしかないだろう。

硬派な見た目とは違って、シューゲルは随分と好色らしい。

ラーちゃんやシェルカから不穏な話を耳にしていたので焦りはしないが、なんとも言えない気分だった。

「アル、どう？　扉の先に入れる？」

後ろで待機しているラーちゃんがワクワクとした顔で尋ねてくる。

「……うーん、魔法で施錠されているせいで開かないや」

「アルのサイキックでも開けられないの⁉」

「うん、俺の魔法でも無理みたい」

「えー！」

そのように言うと、ラーちゃんがすごく残念そうな顔になる。

無理もない。ここまでやってきてお預けだというのだから。

本当は魔法で施錠なんてされておらず、物理式の鍵だからサイキックで開けられるんだけど、ラーちゃんをこの部屋に通すわけにはいかない。

ラーちゃんは扉に触れると、ドアノブにも触れてみる。

当然、そこには物理的に鍵があるので開くことはなかった。

ラーちゃんの顔がとても不満そうだ。

「扉を壊しちゃお？」

「さすがにそれは危ないし、屋敷の皆に怒られるよ」

「えー、中に入りたいー！」

秘密の扉を前にして、ラーちゃんが駄々をこねる。

とはいっても、その願いを叶《かな》えるわけにはいかない。何とかしてラーちゃんの意識を逸らす必要がある。

「今の俺たちじゃ実力が足りないんだよ」

「あっ！　なら、パパに開けてって頼めばいいんだ！」

娘に逢瀬《おうせ》の部屋に入れろと言われて、開ける父親がいるだろうか？

「ラーちゃん、ここはシューゲル様の秘密の部屋だよ？　秘密の部屋は誰にも教えないから秘密の部屋なんだ」

「そっか！　秘密の部屋だもんね！」

当たり前のような俺の台詞に、ラーちゃんはハッとしたように頷いた。

「もし、秘密の部屋が他人にバレたら、ラーちゃんはどうする？」

「……別のところに移動させるか隠す」

「そうだね。そうさせないためにも俺たちがシューゲル様の秘密の部屋を知っていることは内緒にするべきなんだ。俺とラーちゃんだけの秘密だよ」

「私とアルだけの秘密！」

二人だけの秘密というのが嬉しいのだろう。ラーちゃんはとてもご満悦だ。

「もっと魔法が上手くなった頃に、俺たちでここに入るっていうのも面白いね」

「それ面白い！　わかった！　私、もっと魔法を頑張る！　その時は一緒にこの部屋に入ろうね？」

「そうしよう」

……うん？　これはこれでヤバい約束な気がする。

深読みすると、俺とラーちゃんが大きくなったら逢瀬の部屋を使おうみたいな意味にならないだろうか？

いや、さすがにそれは考えすぎだな。これはただの時間稼ぎだ。

ラーちゃんが秘密を守って大人しくしている間に、シューゲル様にそれとなく伝えて様々な魔道具と魔法研究で溢《あふ》れた素晴らしい秘密の部屋にしてもらおう。

「それじゃあ戻ろうか。長居してると、シューゲル様にバレるかもしれないし」

「わかった！」

俺たちの秘密を守るために、ラーちゃんは軽い足取りで階段を登っていく。

ラーちゃんの素直な心を利用して騙《だま》すのは非常に心苦しい。トールやアスモを騙す時は罪悪感の欠片も抱かないのにな。

とはいえ、幼いラーちゃんに真実を見せるわけにはいかない。

ミスフィード家の平和を守るために、ここはグッと堪えるしかなかった。

◆

「おお、ラーナにアルフリート殿ではないか」

寝室を出て、屋敷の三階を歩いていると早速シューゲルと出くわした。

さっきの出来事から間を置かない遭遇なために、心臓が妙な跳ね方をする。

「おはようございます、シューゲル様」

「昨日のウォーターショーは大変素晴らしかった。音楽に合わせて、光の噴水が躍動する様はとてもワクワクして、演奏している私自身の心も昂《たか》ぶったものだ」

平静を装って挨拶をすると、シューゲルはとても興奮した様子で昨夜のウォーターショーの感想を語ってくれた。

その声音はとても熱の入ったもので、口調がちょっと気安くなっている。

魔法貴族だけあって、魔法技術がある者にはシンパシーを抱くのだろうか。初対面の頃よりも口調やら声音に敬意のようなものが混ざっている気がした。

シューゲルのような偉い人にそのように思ってもらえるのは嬉しいが、今しがた彼のとんでもない秘密を知ってしまったために、とても居心地が悪い。

だけど、ラーちゃんのいる前でそれを出すわけにもいかないので堪えるしかなかった。

「水と光の壮大な演出は、幻想的な空間を生み出して人々を魅了する。魔法文化のさらなる発展のために、是非とも私の魔法学園でも取り入れたいのだが構わないだろうか？」

愛想笑いを浮かべながら聞いていると、シレッととんでもない打診を受けた。

……ふむ、ちょっと面倒くさいことになったが、シューゲルと落ち着いて話すにはいいきっかけになりそうだ。

「ウォーターショーに関してなのですが、少し複雑な事情があるのでゆっくりとご相談できませんか？」

「ふむ、そうだな。ラーナ、アルフリート殿を少しだけ借りるぞ」

「えー！　私が先にアルと遊んでたのにー!?」

ラーちゃんにはシューゲルが横入りしてきたように見えたんだろう。

先にラーちゃんと遊んでいたのに申し訳ないが、秘密の部屋やらの騒ぎがあったのでこちらを優先する必要がある。

「ごめんね。すぐに話し合いを終えて戻るから少しだけ待ってて」

「……早く戻ってきてね？」

「うん、すぐに戻るよ」

俺が申し訳なさそうにすると、ラーちゃんは引き下がってくれた。

「……ラーナと随分と仲が良いのだな？」

ジロリとシューゲルから怪しむような視線を向けられる。

「ラーナ様はとてもお優しいので、私のような者にも良くしてくれるのです」

「そうだ。ラーナは天使だ！　アルフリート殿はよくわかっているな！」

ラーちゃんに好かれているなんて勘違いしていませんよ？　と告げると、シューゲルは満足したように笑った。

手紙でラーちゃんを溺愛していることは知っていたが、想像以上だ。

俺を疑う時の目が、七歳児に向ける視線じゃなかった。

別の意味でヒヤヒヤとしながらも俺とシューゲルは話し合いをするために、そのまま廊下を移動して三階にある談話室へ入る。

こちらはややプライベートを意識しているのか、一階や二階にある談話室よりも落ち着きがあった。個人的にはこっちの方が過ごしやすいと思える。

「かけたまえ」

「失礼いたします」

シューゲルに促されて、俺は中央にあるソファーに腰を下ろした。

「それでウォーターショーに関する複雑な事情とは……？」

シューゲルが対面に腰を下ろすと、早速とばかりに聞いてくる。

「ウォーターショーに関してはドール子爵との事業の一つとして使う予定ですので、私の一存だけで許可をするわけにはいかないのです」

「なるほど。ドール子爵も噛んでいる事業だったか……」

事情を聞いて納得したように頷くシューゲル。

よし、ドール子爵を建前に面倒くさいウォーターショーの件はうやむやにしてしまおう。

他の貴族が既に関わっていると聞けば、シューゲルも諦めてくれるに違いない。

「よし、ならばドール子爵を呼ぶとしよう」

「は？」

俺が間抜けな声を上げる中、シューゲルはテーブルに置かれていたベルを鳴らす。

しかし、不思議と音はまったく響かない。

代わりに微かな魔力が波動となって伝わっていくのを知覚した。

「これも魔道具ですか？」

「ああ、静寂な鐘という魔道具だ。魔力振動によって、使用人が所持している魔道具が震え、わかるというわけだ」

へー、すごいや。これならベルの音を無駄にかき鳴らす必要もない。

皆が静かに過ごしているプライベートスペースや寝静まった深夜でも遠慮なく使用人を呼ぶことができる。とても便利だ。

なんて感心している場合じゃない。この人、グレゴールを呼ぶって言った？

それは困る。

ウォーターショーの件をうやむやにするために適当に建前にしただけなんだ。本当に呼ばれたら建前じゃない、本当の理由を用意しなくてはいけなくなる。

俺が焦りで顔を真っ青にしている間に、扉がノックされて執事が入ってきた。

「ドール子爵の動向は？」

「ドール子爵であれば、バルナーク伯爵のパーティーに出席するために三日前ほど前から王都にいらっしゃいます」

なんでグレゴールの動向がすぐにわかるんだ……と思ったが、俺たちと同じように各門に駐屯している魔法兵から情報が筒抜けになっているのだろうな。

というか、なんでこんな時に限って王都にいるわけ？

人形劇を準備するために領地で色々と準備させているんじゃなかったの？

「今すぐにここに呼んでくれ」

「かしこまりました」

シューゲルの端的な命令に執事は頷き、速やかに退出していった。

決断が早すぎて止める間もない。だけど、まだ間に合うはずだ。

「あ、あの、ドール子爵を本当にお呼びするのですか？」

「そうだ。話を聞きたいのであれば、相手を招けばいい。簡単だ。なに、バルナーク伯爵とは仲もいい。ドール子爵がパーティーを欠席することになったとしても、私から一言入れれば十分だ」

おずおずと尋ねると、シューゲルはきっぱりと告げた。

そこには不遜も驕《おご》りもない。絶対的な上流階級の常識というのがあるだけだ。

多分、グレゴールが王都にいなくてもシューゲルならば、領地から呼び出したに違いない。

いつも必死に文面を考えて手紙を出しているノルド父さんが、ちょっと可哀想に思えた。

これが権力で殴るってことなんだね。

「アルフリート殿、顔が青いが大丈夫かね？」

「すみません。少し身体が冷えたのかもしれません」

体調があまり良くないので、今日の話し合いはまた今度に……。

「では、温かい飲み物をもってこさせよう」

と言葉を続けるより前にシューゲルは、魔道具のベルを鳴らして使用人を呼んだ。

俺の周りにいる人はどうしてこうも強引で、行動力に溢れているのだろうか。

最早、逃げる術《すべ》が思いつかない。

グレゴールを建前に断ろうとしたら、まさか本人を呼ばれることになるとは予想外だ。

公爵を相手に面倒くさいから煙《けむ》に巻こうとしただけでした。事業なんてありません。

なんて言えるはずがない。

こうなったら、今すぐにグレゴールの人形劇とウォーターショーを絡めた事業を考えなくては……。

メイドさんが持ってきてくれた温かい紅茶を飲みながら俺は必死に頭を回転させ続けた。

三家共同事業

閃《ひらめ》いた。

「ドール子爵がいらっしゃいました。お通ししてもよろしいでしょうか？」

「うむ、入ってもらえ」

建前を本物にするための事業を考えついたと同時に、ドール子爵が到着したようだ。

執事が談話室の扉を開けると、ドール子爵がぬっと入ってくる。

スロウレット家の屋敷では一部の入り口では頭をぶつけそうになっていたが、ミスフィード家の立派な屋敷ではそんな気配はなかった。

オールバックにモノクル眼鏡、口元には整えられた髭。

身長二メートルほどの高さを誇る大男は、収穫祭を前にスロウレット家にやってきたグレゴール＝ドール子爵だ。

傍らには専属メイドのティクルの姿もある。

彼女は俺の視線に気づくと、小さく会釈をしてくれた。

なんかちょっと目の辺りにクマがあるように思えるが大丈夫だろうか？　人形を動かすことに

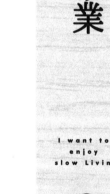

夢中になりすぎて、睡眠時間を削っていないか心配だ。

二人と会うのは夏以来だが、ひとまず元気な姿をしているようで何よりだ。

「お久しぶりでございます、シューゲル様」

「久しいな、ドール子爵。忙しい中、突然呼び出してすまなかったな」

口では謝りつつも、まるで悪びれた様子が見えないシューゲル。

「いえ、シューゲル様やアルフリート殿がお呼びとあらば、いくらでも時間を捻出する次第です」

ドール子爵は、シューゲルのそんな態度にまるで気にした様子は見せなかった。

中身は人形大好きなおじさんだが、ドール家の当主としての振る舞いや腹芸はしっかりできる。さすがだ。

「して、本日はどのような用向きでしょう？」

「アルフリート殿が水魔法を使ったウォーターショーを見せてくれてな」

シューゲルがウォーターショーについて語り出すと、露骨にがっかりした様子になった。

俺がいるのできっと人形に関する事業だと思っていたのだろう。

気持ちはわかるが、話は最後まで聞いてあげてほしい。

「アルフリート殿にウォーターショーの利用について相談を持ち掛けたのだが、ドール子爵との事業で使うつもりだと言われてな」

「ほう！」

「そんなわけでドール子爵を招いた次第だ」

つまらなさそうにしていたドール子爵だが、目を輝かせはじめる。

「ウォーターショーと私の人形劇をどのように組み合わせるのか、聞かせてもらおうではないかアルフリート殿！」

どっかりと隣のソファーに腰を下ろすと、ずいっと前のめりになる。

横からはドール子爵、前からはシューゲル。圧迫感がすごい。

「ドール子爵、事業内容については口にしても？」

ドール子爵との人形計画は、スロウレット家とドール家で考案したものだ。

それをシューゲルの前で話してしまってもいいのだろうか？

「シューゲル様であれば問題ない。仮に広まったとしても、人形への情熱は誰にも負けない自信がある」

仮に広まって横取りされるようなことがあっても、ドール子爵には自領で作り上げた質の良い布や糸、人形製作技術があることはもちろん、人形を愛する情熱があるので気にしていないようだ。

「私は他人の事業を掠《かす》め取るようなことはしない」

ドール子爵だけでなく、シューゲルもそのように言っているので問題なさそうだ。

二人からの視線が突き刺さる中、俺は咳払いをして考えていた言葉を吐き出す。

「ドール子爵は、王都で人形劇を成功させることを目標としています」

「うむ！　アルフリート殿が伝授してくれた魔法で人形を自在に動かし、声を入れることによって人形に命を吹き込む。そんな新たな人形劇を広めたい！」

「人形劇も勿論素敵ですが、どうせやるならば人形の魅力を劇だけに留まらせず、そのさらに先へと昇華させたいと思っています」

「人形劇のそのさらに先……？　アルフリート殿の考案した人形劇よりも素晴らしいものがあるというのか？」

「あります。それはテーマパークです」

「『テーマパーク？』」

「入場者の想像力に働きかけるテーマによってすべての設備を組み立て、遊びを演出する大規模娯楽施設です」

「くっ！　アルフリート殿の考えについていけない！　人形のことは私が一番に理解せねばいけないというのに！　すまないが、私にもわかるように砕いて説明してくれるか？」

俺の考えを理解できないのが心底悔しいのか、グレゴールが血涙を流す勢いで懇願してくる。

グレゴールのテンションについていけず、若干引き気味なシューゲルは置いておいて説明を続ける。

「入場者がテーマの魅力にとらわれ、時間を忘れて物語の世界に浸ることのできる遊びの空間を作り上げるんです。わかりやすい例を出すと、ゲコ太の冒険の世界を体験できるような娯楽施設を」

「ゲコ太の世界を体験だと⁉」

俺が砕いて説明をすると、ドール子爵が雷に打たれたかのような反応を見せる。

「というのは、ゲコ太と一緒に森の中を歩いたり、トルトルやアースモと川を泳いだり、町でアルフに追いかけられたり、そんな体験ができるというわけか⁉」

「ええ。極限までそれに近い体験ができるように再現するのです」

「お、おおおおおおおっ！」

「しかし、それがどのようにして人形劇やウォーターショーと繋がるのだ？」

グレゴールが興奮した声を上げる中、シューゲルが冷静に割って入るように尋ねる。

うん、そうでもしないと話が脱線して進まないからね。

「テーマパークにおける重要なものがキャラクターだからです」

「キャラクター？」

「人々を魅了する実在の人物、あるいは架空の人物や動物を配置することによって、テーマパークは出来上がります。つまり、客を呼び寄せる魅力的なマスコットキャラが必要であり、そこに行けば出会えることが重要なんです」

「つまり、ゲコ太たちを等身大の人形として作り上げ、人々と触れ合わせるのか！」

「そういうことです！　魔法で操作するもよし、中に人間が入ってなりきるも良しです！」

さすがはグレゴール。俺と一緒に人形劇を考えただけあって、俺がどんな施設を作り上げたいか何となく理解してくれているようだ。

「？　どういうことだ？　よくわからん」

俺とグレゴールには以前作り上げた脚本というわかりやすい共通の作品があるが、シューゲルにはそれがないためにしっくりとこないようだ。

なにかシューゲルにもイメージしやすく、そんな世界に浸りたいと思える物語はないだろうか。

……あっ、あったな。

「テーマパークに行けば、ドラゴンスレイヤーであるノルド、魔法使いエルナを存分に眺め、触れ合うことができるという認識で問題ないかと」

「ああ、それはわかりやすいな。王都に住む者であれば、そのような娯楽施設があれば大挙して押し寄せるだろう」

そんなに断言できるほどに人気なんだ。

もし、テーマパークができたら、こっそりと一区画を使ってドラゴンスレイヤーのアトラクションを設置するのもアリかもしれないな。

まあ、それは遥か未来の話なので端に置いておこう。

「なるほど。繋がった。アルフリート殿はウォーターショーを物語の世界観を表す催し物の一つとしてテーマパークに組み込みたいのだな？」

「その通りです」

俺たちの話を聞いて、シューゲルは俺が考えている事業にたどり着いたようだ。

どうだろう？　ウォーターショーを断る口実として、でっち上げたにしては中々に説得力があるものではないだろうか？　短時間で思いついた自分を褒めてあげたい気分だ。

ふふふ、どうだ？　ここまで大規模な構想があれば、シューゲルも茶々を入れようなどとは思えないだろう。

「それなら問題ない。そのテーマパークとやらにミスフィード家も噛ませてほしい」

などとほくそ笑んでいた俺だったが、シューゲルの口から予想外な言葉が出てきた。

「え？」

「人形劇同様、そのテーマパークを作るには魔法の力が必要だ。違うか？」

「え、ええ。観客を楽しませるアトラクションや世界観を表現するには魔法の力が必要ですね」

人形劇やダンスなどの演出で魔法が必須なことはもちろん、ジェットコースター、観覧車、バイキング、迷路などを再現しようと思ったら魔法の力に頼らざるを得ないだろう。

「であれば、魔法を必要とする施設の作成にはミスフィード家が協力し、そこで働く魔法使いもうちが用意しよう。資金も提供する」

テーマパークを作る上でもっとも困難な点は、広大な土地の確保やアトラクションなどの設置費用といった金銭的な問題と、それらを運営、管理してくれる膨大な魔法使いの確保。

ドール家とスロウレット家は子爵と男爵にしては財政が豊かではあるが、小領地にしてはというう但し書きがつくのであって、建国時から王国を支えてきた公爵家ほどの財力は持っていない。

加えて、王都に大きな土地を確保できる伝手《つて》も皆無だ。

しかし、ミスフィード家が噛んでくるとなると、それらの問題は一発で解決となるだろう。

「ミスフィード家としての狙いは、テーマパークを魔法学園の生徒の就職先にしたいということでしょうか?」

「察しがいいな。アルフリート殿。そうだ。長らく戦争をしていない王国では、魔法使いの需要が低くなっていてな。魔法学園を卒業したものの、魔法の道には進めずに自領に戻る者も少なくないのだ」

優秀な魔法使いを欲しがっている商人や冒険者が聞けば、悔し涙を流しそうな台詞だ。

とはいえ、シューゲルの言っていることも間違いではないのだろう。

王国が魔法使いに求めるのは軍事的な側面だ。

しかし、長らく戦争も起こっていない平和な王国では、軍事に予算が割けなくなってしまうのも当然のこと。

軍事力を維持するために極端に縮小することはないだろうが、基準に満たない魔法使いを大量に雇い続けることはないだろう。

そういえば、エリノラ姉さんも騎士として求められる力量などが年々上がっていると言っていたな。その後に「あたしは余裕だけど」という自慢の注釈が入っていたけど。

「私は生徒が魔法使いとして生きられる道をより多く用意してやりたいのだ」

真剣な視線でこちらを見据えるシューゲルの表情は、まさに教育者そのものだった。

「そちらはテーマパークを運営できる魔法使いが手に入り、学園としては生徒のための太い就職先を確保できる。互いに利益ある提案だと思うが、いかがだろうか?」

いかがも何もマズいに決まっている。

誤魔化すためにでっち上げた適当な大規模事業が現実味を帯びてしまった。

ダメに決まっている。

大きなことをする時は、ノルド父さんとエルナ母さんに相談をしてくれと口を酸っぱくして言われているのだ。

前代未聞の規模の事業なのに俺はまるで相談をしていない。こんなの絶対に怒られるに決まっている。

「素晴らしい！　ミスフィード家が協力して頂けるとなれば、アルフリート殿の考案した事業も成功するに違いない！　我々としては願ってもいない提案です！」

何とかして断ろうと考えている間に、ドール子爵が立ち上がって感激したように言った。

ちょっと待って。我々ってスロウレット家も含んでるよね⁉

「それは良かった。それでは人形劇だけでなく、これから作り上げるテーマパークの詳細を詰めようではないか」

シューゲルはにっこりと笑みを浮かべて手を差し出すと、グレゴールは慌てたように大きな手を差し出して握った。

そして、二人の視線が期待するようにこちらを向く。

そもそも提案したのは俺だし、ここまで来たらやっぱり白紙で……なんて言えるはずもないよね。

「色々と困難はあるでしょうが、私たちが力を合わせれば事業は成功するに違いないでしょう」

俺は顔が引き攣《つ》りそうになるのを必死に堪《こら》え、当たり障りのない台詞を述べながら二人の手に自分の手を重ねた。

◆

人形劇、テーマパークの詳細を話し終えると、グレゴールはミスフィード家の屋敷を後にした。

本当はミスフィード家に滞在して、もっと話を詰めるべきだったが、今宵開催されるバルナーク家は王都の劇場を運営する貴族らしく、人形劇を開催する上で密接な繋がりを得るのは必須だ。

時間があれば、ティクルに人形操作技術の進捗を聞いてみたかったが、時間がないのでは仕方がない。

パーティーが終わってからも王都に滞在するとグレゴールは言っていたので、また二人と会えるだろう。

「もう夕方か……大きな事業だけあって話し合いたいことは山ほどあるが、今日はこの辺りにしておくとしよう」

「そうですね」

談話室に呼ばれたのは朝のはずだったが、気が付けば窓の外の景色は茜色《あかねいろ》に染まっていた。

差し込んでくる夕日が、上品な室内や調度品を赤く染め上げており綺麗だ。

昼食抜きで数時間も話し込んでいたようだ。道理でお腹が空いているわけだ。

色々と想定外なことが起きていたせいで、時間間隔が麻痺《まひ》していた。

「有意義な話し合いとなった。詳しい話はまた今度としよう」

「はい、こちらこそありがとうございました」

談話室を出ると、シューゲルは自らが過ごすプライベートルームへと引っ込んでいった。

彼の後ろ姿をしっかりと見送ると、俺はスロウレット家に与えられた二階へ。

階段を下りると、客室のソファーにはラーちゃんが座っていた。

傍には専属メイドであるロレッタも待機している。

ラーちゃんは不満さをたっぷり表現するように頬を膨らませており、ジットリとした視線をこちらに向けていた。

「ラーちゃん？」

「…………アル、すぐに戻ってくるって言ったのに」

「あっ！」

ラーちゃんの台詞を聞いて、俺は思い出した。

シューゲルと話をする前に、すぐにラーちゃんのところに戻ると約束したことを。

あれから軽く五時間は経過している。すぐに戻るという約束をぶっちしているのは言うまでもなかった。

「……アルの嘘つき」

「ぐっ！」

普段、天使のような笑みを浮かべてくれるラーちゃんからの素気ない言葉。

それだけで胸がえぐられる思いだった。

トールやアスモ、エリノラ姉さんとの約束は破っても、まったく良心が痛まないというのに。

娘に素気なくされて傷つく父親の気持ちがわかったような気がした。

「ラーナ様、あまりアルフリート様を責められては可哀想ですよ。公爵家の当主であるシューゲル様が呼び立てれば、彼は従うほかありませんから」

胸を押さえて突っ伏した俺を見て、控えていたロレッタがフォローをしてくれる。

「……だって、今日はアルといっぱい遊べると思ってたんだもん」

ポツリと呟くラーちゃん。

そこには怒りや不満よりも、寂しいという気持ちがこもっているのがわかった。

シューゲルに引き留められていたとはいえ、ちゃんと覚えていれば何とかして途中退出するなり、すぐに戻れそうにないとラーちゃんに声をかけることができたはずだ。

「本当にごめん。明日は何があっても用事は入れないし、ラーちゃんを優先するから許してくれないかな？」

「……またパパがきても？」

「シューゲル様がきたらさすがに——いや、何とか説得してラーちゃんと遊ぶことを優先させてもらうよ」

言い淀んだ瞬間、ラーちゃんが不満そうな顔になったので、慌てて言い直すと満足したように笑った。

「わかった。なら、許してあげる」

「ありがとう、ラーちゃん」

良かった。ラーちゃんがいつもの無邪気な笑顔を浮かべてくれるようになって。

「えへへ。じゃあ、明日はいっぱい遊ぼうね？　今度こそ約束だから」

「うん、約束だよ」

ラーちゃんはぴょんとソファーから降りると、ご機嫌そうな足取りで三階へと上がっていった。

ラーちゃんとロレッタがいなくなると、客室には俺一人となった。

さて、これから俺はノルド父さんとエルナ母さんにミスフィード家、ドール家、スロウレット家の共同出資となるテーマパーク事業について話さなければいけない。

事前相談をしたわけでもないし許可も貰っていない。事後承諾になるので、報告すれば怒られるに決まっている。シンプルに気が重い。

長時間、拘束された後に、また長時間拘束されるのは勘弁だ。

しかし、早く報告しないとシューゲルが夕食の話題として二人に事業内容を振りかねない。その時に聞いていませんでしたなんて事になれば、大目玉を食らうのは確実だ。

どうすれば、最小限の被害で済むだろう？

「夕食の直前に報告すればいいか！」

物理的に怒る時間が無いとなれば、ノルド父さんやエルナ母さんも怒ることはできまい。

いくらあの二人で他家の晩餐会《ばんさんかい》で息子を怒ることはできまい。

食事会を挟んで終わるころになれば、二人の怒りもいくらか沈下しているだろう。

「我ながら完璧なプランだ」

「――何が完璧なプランなんだい？」

客室で一人高笑いしていると、なぜか上から声が落ちてきた。

おそるおそる振り返ると、そこにはにっこりと笑みを浮かべているノルド父さんとエルナ母さんがいた。

気のせいかな？　綺麗な笑みを浮かべているが、目がまったく笑っていない気がする。

……もしかして、共同事業のことがもうバレた？

いくらなんでも早すぎる。シューゲルと別れてから十五分も経っていないんだけど。

落ち着けアルフリート。焦るんじゃない。二人はただ客室で高笑いしている俺に声をかけてきただけという可能性もある。自白するにはまだ早い。

「え？　いや、ちょっと、明日ラーちゃんと遊ぶから、喜ばせる方法を考えていただけで」

人は嘘をつこうとする怪しい挙動が出てしまう。裏を返せば、本当のことを混ぜてやれば怪しい挙動は出ない。

偽装は完璧、のはずだ。

「そうかい。それは大変結構なことだけど、その前にやるべきことがあるんじゃないかな？」

「え？」

「とても素敵な共同事業計画があるみたいじゃないの。かなり具体的なところまで進んでいるようだけど、私たちにもちゃんと聞かせてほしいわね」

……あっ、これバレてるやつだ。

どういう経緯で漏れたのか知らないが、今はそれを確かめることよりも身の安全の方が大事だ。

言葉や表情で反応するよりも速く、身体に魔力を漲《みなぎ》らせて身体を翻す。

今の俺の反応速度は、この世界に転生してから最速だったに違いない。

しかし、ドラゴンスレイヤーはそれを上回る反応速度を見せた。

気が付けばノルド父さんは、俺の進路に先回りしていた。

勢いを止めることのできなかった俺は、結果としてノルド父さんの胸に自ら飛び込む形となった。

「まさか、夕食のギリギリ前に報告して有耶無耶《うやむや》にしようなんて考えてないよね？」

「そ、そんなまさか……」

「じゃあ、すぐに聞かせてくれるかしら？」

「……もちろんです、母上」

エルナ母さんの問いにそう答える以外の選択肢があるだろうか。

いや、無いに違いない。

◆

俺はグレゴールとシューゲルとテーマパークをやることになった経緯を、ノルド父さんとエルナ母さんにしっかりと説明した。それはもう余すことなく。

経緯を聞いた二人は怒りを通り越して、呆れが勝ったらしい。

「まったく次から次へとよくもそこまで思いつくものだね」

ソファーに深く腰をかけたノルド父さんが深くため息を吐きながら言う。

「えへへ」

「褒めてないから」

どうやら微塵も褒められていなかったようだ。

「面倒くさいからって捻り出したものが、より面倒な方に向かっているじゃないの」

「いや、だってすぐにグレゴールを呼ぶとは思わなかったし、シューゲル様も乗っかるなんて思いもしなかったんだよ」

人形劇が大成功したら、こんなこともしたいよね。そんな夢物語を語っていたにすぎない。

しかし、ミスフィード家が協力するとなれば、話は別だ。

夢物語が再現可能な現実となってしまう。これは大きな誤算だった。

グレゴールが乗り気になるのは想定していたが、シューゲルがノリノリで絡んでくるとは予想できるはずもない。

「確かにそれは予想外ね」

「魔法使いの就職先確保は、魔法学園の大きな課題でもあったからね。魔法学園の生徒の就職先の一つとして斡旋《あっせん》したいんじゃないかな？」

「うん、シューゲル様もそう言ってたよ」

俺がそう言うと、二人は納得したような顔になった。

魔法学園の就職先問題は、周知の問題だったようだ。

「にしても、王都の学園の問題なんてよく知ってたね」

スロウレット家は王都から離れた領地を治める田舎貴族。

よく王都の情報を収集していたものだ。

「再来年にはシルヴィオが学園に通うことになるのよ？　王都の学園に関する情報くらい集めておくわよ」

「あっ、そっか。シルヴィオ兄さんも学園に通うんだった」

春になったらエリノラ姉さんが騎士団に入団し、その翌年にはシルヴィオ兄さんが学園に入学することになる。

前からわかっていたことだが、いつも屋敷にいるのが俺にとって当たり前のことなのでいまいち実感が湧かないや。

シルヴィオ兄さん生贄計画

I want to enjoy slow Living

「……王都でテーマパークかあ。アルから詳しい話を聞いても、僕には正直ピンとこないよ」

「同感ね。だからどう対処するべきかわからないのよね。今までアルが開発してきた玩具やレシピとは違うでしょうし」

今まで発明したものであれば、うちに入る取り分を決めておいて販売などはトリーの商会に任せるだけだ。必要な取り分だけ主張して、細かい部分は丸投げ。

実に単純で楽な仕組みだ。

しかし、ミスフィード家、ドール家と複数の貴族が絡むとなれば、そう単純にいかないだろう。

まあ、そこはいつも通り、ノルド父さんに上手いことやってもらおう。

リバーシやスパゲッティのように良い様にやってくれるはずだ。

「……細かいところは僕に丸投げすればいい。とか思っていそうだね？」

「そのようなことは露ほど考えておりません」

うちの家族は全員妖怪サトリか何かだろうか？　いつも考えを見透かされる気がする。

「今回の事業は、アルが発明してきた商品とは規模が違い過ぎる。いつものようにのらりくらりとやるのは難しいよ」

「な、なるほど」

ノルド父さんが眉間にしわを寄せながら呟いた。

これは俺が思っているよりもマズい流れなのかもしれない。

「もし、テーマパークが実現に向けて動き始めれば、僕たちは頻繁に王都に行く必要が出てくるかもしれない。もちろん、そこにはアルも含まれる」

「ヘタをすれば、アルが王都の魔法学園に通いながら、テーマパーク設立のために働く……なんていうことにもなりかねないわよ？　まあ、私としてはそれもアリだと思うのだけど」

「いや、それは困るよ！」

第二の人生は田舎でゆるゆるとスローライフをおくると決めているんだ。

王都の学園に通いながら、大事業計画にかかわるだなんてブラックライフじゃないか。どちらか片方だけでも苦痛だというのに、そんなダブルライフだけは絶対に嫌だ。

「だったら、これからの対応を考えないといけないわね？」

顔を真っ青にする俺にエルナ母さんがにっこりと笑いながら言う。

これは自分が余計な種をまいたのだから、知恵を絞り出せということだろうか？

シューゲルは飛び級で俺を魔法学園に通わせることに意欲的だった。

何の対策も無しに進んでしまえば、エルナ母さんの懸念していた未来通りになってしまうかもしれない。

考えろ。俺が王都の魔法学園に通わずに済む方法を……なんか今日の俺って必死に考えてばっかりだなと思いながらも脳をフル回転させる。

「大丈夫。そうならないようにテーマパークの詳細な事業計画書を書いておくよ」

「かなりスケールの大きな話だけど可能なの？」

「大丈夫。テーマパークを作り上げる具体的な案は考えついているから。細かいところは滞在している間に、できるだけシューゲル様と詰めておくよ」

事前に事業計画書を用意しておけば、ずっと俺を王都に置いておく必要もないだろう。

「……その決断力と入念な準備をもうちょっと日常生活で使えないのかしら？」

それは無理な相談なので、俺はエルナ母さんの呟きをスルーした。

「とはいえ、現場は臨機応変に変わるものさ。計画が始まったら、きっとアルは呼び出されることになるよ？」

「大丈夫。その頃にはシルヴィオ兄さんが王都の学園に通ってるから、現場での細かい調整は兄さんにやってもらうよ。そうすれば、シルヴィオ兄さんも王都で大きな繋がりができるし、達成できれば大きな実績となって当主になった時に箔《はく》がつく。決して悪い話じゃないと思うよ？　もちろん、俺もちょっとは王都に顔を出すつもり」

前半部分を聞いて顔をしかめた二人だが、最後まで聞くと表情を和らげてくれた。

王都に行くのが年に一回なのか、二回なのか、三回なのかは不明だが、そのくらいであれば学園に通うことになるよりもよっぽどマシだ。

「自分が王都に行きたくないだけとはいえ、よくそこまで知恵が回るものね」

エルナ母さんが呆れと感心の入り交じった顔をした。

「ノルド父さんはどう思う？」

「………………」

俺が問いかけるも、ノルド父さんはすぐに答えない。

真剣な表情からして色々と考えているようだ。

ノルド父さんとエルナ母さんは平民から成り上がって貴族になったので、王都の一部の貴族からは風当たりが強い傾向にある。

それをドラゴンスレイヤーという圧倒的な実績やAランク冒険者という実力でねじ伏せているのだが、俺たちには二人のような実力も英雄譚《えいゆうたん》もない。

実績があるのとないのとでは、今後の立ち回りや影響力も変わってくる。

二人がシルヴィオ兄さんに箔をつけて、貴族として生きやすいようにと思っているに違いない。

「……本人が引き受けてくれるかはわからないけど、シルヴィオにとっても悪い話じゃないかもしれない」

「だよね？」

「でも、結局のところはシルヴィオがやりたいかどうかさ。アルが学園に通わない選択をしたように、僕もシルヴィオの意思を尊重するよ」

「そうだね」

納得したように頷いたが、シルヴィオ兄さんには何がなんでも引き受けてもらわなければいけない。

「無理矢理させるようなことは絶対にダメよ？」

「エルナ母さん、俺が楽をするために、兄を恐喝するような酷い息子に見える？」

「見えるも何もアルの考えた案は、シルヴィオを生贄《いけにえ》にするようなものじゃない」

エルナ母さんの指摘に、俺はぐうの音も出なかった。

とりあえず、夕食までに詳細な事業計画書を書いておこう。

◆

「……危なかった。本当にノルド父さんの言っていた流れになったよ」

夕食後。自分の部屋に戻るなり、俺は息を吐いた。

スロウレット家とミスフィード家の夕食会では、なんとノルド父さんが予期していたように、シューゲルが事業に絡めて王都暮らしを勧めてきたのである。

魔法学園に通いながらテーマパークを進めるという、とんでももブラックライフを。

そんな提案を俺は準備していた事業計画書の詳細を提出することで、俺が王都にいなくてもある程度の作業が進行できるということを示し、からくも退けることに成功したのである。

無策で夕食に赴いていたら、勢いに押されて魔法学園に通うことになっていたかもしれない。

夕食前に必死に計画書を書き上げておいてよかった。

ブラック企業に勤めていた経験が、思わぬところで活かされた。人生何が起こるかわからないものだ。

後の問題はシルヴィオ兄さんが、学園に通いながらテーマパークの進行作業を引き受けてくれるかどうかだ。これに関しては帰ってシルヴィオ兄さんを脅して――じゃなくて、必死に頼み込むしかないな。

「まあ、テーマパークといっても本格的に動き出すのは人形劇ができてからだろうし、今すぐにどうとかいう問題じゃないよね」

なにせ規模が規模だ。

今すぐに物事を決めて動き出せるわけではないので、そこまで焦る必要はないだろう。

ホッとしたら疲れがドッと押し寄せてきた。

今日は朝からラーちゃんと秘密の部屋を探索し、日中はシューゲルとグレゴールと事業についての話し合いをした。夕食前に速攻で計画書を書きあげて、夕食会では俺がいなくても問題ないことをプレゼンしてと、とても濃密な一日だった。

七歳児でしかない俺の身体は休息を求めている。

「なんか忘れてるような気がするけど、まあいいや」

思い出せないということは、きっとどうでもいいことなのだろう。

俺は室内に鎮座している、天蓋付きのベッドにダイブ。

ぼふっと勢いよく着地するが、ベッドのクッション性が高いお陰かまったく痛くなかった。

横になった身体をねじって仰向けになると、華やかな装飾の施されたカーテンが見える。

サイキックを使って紐《ひも》をほどくと、四方がカーテンによって覆われた。

睡眠時は人間がもっとも無防備になる瞬間だ。カーテンに覆われることで視界の無駄な情報が遮断されるだけでなく、安心感も得られる。健やかな睡眠を得るための構造としては理に適っているように思えるな。

とはいえ……。

「お姫様になった感じが半端ないや」

ラーちゃんやシェルカのような女の子なら、きっと映えるのだろうが、生憎と俺はどこにでもいる平凡な少年だ。

似合っていないかもしれないけど、ミスフィード家の天蓋付きベッドの寝心地は最高だ。

快適な睡眠のためならば、似合わないなどという問題は小さなものでしかなかった。

そういう約束

I want to enjoy slow Living

頭の痛い事業計画書を提出した翌朝。

私室で朝食を摂り、身支度を整えると二階の客室には既にラーちゃんがいた。

これがエリノラ姉さんなら待ち伏せと判断し、迂回を選択するところだが今回はラーちゃんだ。天使を相手に怯《おび》える必要はまったくない。

客室に足を踏み入れると、こちらに気付いたラーちゃんがパッと顔をほころばせた。

ぴょんとソファーから降りると、パタパタとこちらにやってくる。

「アル！　おはよう！」

「おはよう、ラーちゃん」

朝からラーちゃんと挨拶をすると和むな。

「朝いちばんで来てくれたんだ」

「今日はラーちゃんと一日遊ぶって約束だからね」

今日一日遊ぶと約束したものの具体的な時間は指定していない。

だが、昨日不義理を働いてしまったので、誠意を見せるために非常識にならない範囲で早起きさせてもらった。

「何もない日に俺が早起きするなんてすごいんだよ」

「そうなの？」

「いつもは二度寝、三度寝くらいするからね」

などと語ると、ラーちゃんが首を傾げながら尋ねる。

「アル、二度寝ってなに……？」

その言葉を聞き、身体に雷が落ちたような衝撃を錯覚した。

……まさか、ラーちゃんは二度寝をしたことがない？　そんなバカな。人間として生きている以上、二度寝は誰しもが経験しているはず。

でも、公爵家の令嬢ならば、専属の使用人によって規則正しい生活に縛られている可能性もあり得る。

「あ、あの、アルフリート様？　今日は天気も良いようですし、王都に出かけませんか？　私、お二人が楽しめる場所を色々と考えてきたんです！」

都合が悪いと思ったのか、控えていたロレッタが口を挟む。

だけど、邪魔はさせない。

俺は今からラーちゃんに二度寝の素晴らしさを教えなければいけないんだ。

「黙って。今大切なところだから」

「……すみません」

ロレッタを退けたところで、俺は改めてラーちゃんの方を向く。

「二度寝っていうのは、目覚めてすぐにもう一度寝ることだよ」

「え？　起きたのにすぐに寝ちゃうの？　おかしくない？」

ああ、なんということだ。そのような固定観念に囚われて今まで生活をしていたなんてとても可哀想だ。

「おかしくないよ。ラーちゃんだって起きた時にもうちょっと寝ていたいなって時があるでしょ？」

「うん、ある！」

「その気持ちに身を任せて、もう一度寝ればいいんだよ」

「で、でも、ママや使用人がいつもちゃんとした時間に起きないと身体に良くないって――」

ああ、なんてことだ。ラーちゃんは洗脳を受けている。

二度寝が悪などと誰が決めたんだ。

「眠たいって身体の本能が告げているんだ。それに逆らう方が身体に悪いよ。二度寝をすることは悪いことじゃないよ。むしろ、心身共に充足を得られて健康的になるね」

「そうなの⁉」

「うん、そうだよ。実際に俺だって健康的だし」

二度寝をほとんどできなかった社畜時代に比べて、二度寝三昧をしている今の俺はかなり健康的だった。

労働から解放されたというのもデカいが、思うように睡眠をとれるお陰で心の平穏が保たれているのが何よりデカい。

病は気からっていうし、睡眠によって精神の安寧を保つのは健やかに生きていく上でとても大事な役割を果たしていると言えるだろう。

前世でも短時間の二度寝は健康に良いという研究結果も出ていた。だから、別に二度寝は悪いことじゃない。

「わかった！　明日は二度寝してみる！」

「うん、それがいいよ」

またひとつラーちゃんに良い事を教えてしまったな。

ラーちゃんのこれからの健やかな人生は約束されたといっていいだろう。

「ああ、ラーナ様にまた偏った知識が……」

ロレッタが嘆かわしそうな声で呟く。

偏っているとはなんだ……。

「今日はなにして遊ぶ？」

「せっかくだから外に行こうか」

屋敷は案内してくれたことだし、今度は外に遊びに行ってみたい。

「わかった！　外に行こう！」

街に出ることになった俺たちは階段へと向かう。

するとちょうど上の階からシューゲルが下りてきた。

「おお、アルフリート殿！　いいところに！　昨日提出してもらった事業計画案について改めて尋ねたいところがあるのだが――」

「パパこないで！」

事業計画書を手に近寄ってきたシューゲルだが、ラーちゃんの一言に文字通り階段から崩れ落ちた。

最愛の娘にいきなりこんな一言を叩きつけられてしまえば無理もない。

随分派手に転んだが大丈夫だろうか。

俺が心配する中、シューゲルがよろよろと立ち上がりながら口を開く。

「ら、ラーナ⁉　パパがなにか悪いことをしたかい⁉」

シューゲルの口調が酷く乱れている。

つい昨日までは公爵家当主として相応しい立ち振るまいをしていたはずなのに。

フローリアやシェルカと話す時はこんな口調じゃなかったし、ラーちゃんと話す時だけ変わってしまうのだろう。

「とにかく、パパはきたらダメなの！」

「な、なぜ……」

ラーちゃんの強い拒否に絶望の表情をするシューゲル。

父親としてこれ以上に悲しいことはないじゃないだろうか。

ちゃんと説明してあげないと可哀想なので、俺から補足を入れる。

「すみません。シューゲル様、今日はラーナ様と遊ぶ約束をしておりましたので」

「そう！　今日は私がアルと一緒にいるの！」

ギュッと俺の腕を取って主張するラーちゃん。

シューゲルがやってくる＝俺が持っていかれるという方程式が頭の中でできたのだろう。

ラーちゃんの頑なな態度のワケを理解したシューゲルは安堵の表情を取り戻した。

「あ、ああ。なるほど。それは私が悪いな。アルフリート殿への質問はまた日を改めることにしよう」

「申し訳ありません」

俺が悪いわけじゃないけど、とりあえず軽く頭を下げておく。

これで今日はシューゲルから用事を持ち掛けられることはないだろう。

「ラーナ、ちょっと抱きしめてもいいかな？」

娘の愛を確かめたくなったのかシューゲルが唐突に言う。

「いいよ」

それを即答してくれる辺り、ラーちゃんは本当に優しい娘さんだと思う。

シューゲルがゆっくりと近づいてラーちゃんを抱きしめた。

ラーちゃんは特に嫌がる様子もなく、シューゲルの背中をポンポンと叩いてあげている。

四歳ながらも母性を獲得しているらしい。

シューゲルの顔からは公爵家当主としての威厳は消え去り、休日のおっさんの顔模様となっていた。

そんなシューゲルがこちらに顔を向けて、誇るような笑みを浮かべる。

……いや、別に俺はラーちゃんの寵愛《ちょうあい》を狙っているわけじゃないから。

まあ、シューゲルの父親としての気持ちも理解できなくもないので苦笑して流すことにした。

「それじゃあ、パパは――私は仕事に戻るよ」

抱擁を終えると、パパは――シューゲルが取り繕いながら言う。

今更、口調を戻されてもこちらも反応に困るので、どうせなら最後まで貫いてほしかったところだ。

「うん、頑張ってね！」

ラーちゃんが手を振って送り出すと、シューゲルは実に満足げな表情で去っていった。

「えへへ、パパより私を優先してくれた」

「そういう約束だからね」

ラーちゃんが嬉しそうに笑う。昨日はやむを得ない事情と権力に屈してしまったが、今日は屈することなく撃退することができた。

ラーちゃんと遊んでいれば面倒事に巻き込まれない気もするが、未来の健やかなスローライフをおくるためには、共同事業についても話し合わなければいけない。

異世界であっても、人生とはままならないものだ。

魔石ランプ

シューゲルを撃退した俺とラーちゃんは、屋敷を出て王都に向かうことにした。

玄関の前に停まっているミスフィード家の馬車に乗り込む。

「アルの隣！」

席に腰かけると、ラーちゃんが嬉しそうな声を上げて密着してきた。

本当に可愛い生物だね。思わず頭を撫でたくなる衝動に駆られるが、さすがにそれは不敬なのでやめておこう。喜びを共有するように笑みを向けておく。

「あれ？　ロレッタもくるの？」

ラーちゃんの言葉に乗り込もうとしていたロレッタが崩れ落ちそうになった。

俺と二人きりで遊びたいという気持ちの発露だと思うが、仕えるべき主人から言われるとショックだろうな。

「……ラーナ様とアルフリート様の身の回りのお世話をするのが私のお役目なので。どうか同行をお許しください」

ラーちゃんと二人っきりで遊ぶとか、シューゲルがどんな反応を示すかわからなくて怖すぎる。

身の回りのお世話とか以前に、俺の身を守るためにも是非ともロレッタにはついてきてもらいたい。

「ロレッタがいてくれた方が、何かと助かるし来てもらおう？」

「アルがそう言うならいいよ」

「ありがとうございます」

俺がそう言うと、ラーちゃんはあっさりと納得し、ロレッタは同行を許可された。

ロレッタは対面に座ると、後ろの窓を叩いて御者に出発の合図を伝達。

すると、ゆっくりと馬車が進み始めた。

王都へ出発だ。

とはいえ、ミスフィード家の屋敷自体が王都にあるので、既に俺たちは王都にいると言える。

敷地を出て進んだらすぐに大通りだ。

「アル、どこか行きたい所はある？」

隣に座っているラーちゃんが尋ねてくれる。

「うーん、行きたい場所かぁ。すぐに思いつかないな」

何となく外に出ることは決めたが、肝心の行きたい場所がなかった。

「前回、王都にいらっしゃった時はどんなところを回りましたか？」

悩んでいると、ロレッタが気を利かせて尋ねてくれる。

「前回は屋台通り、商店街、魔道具屋、劇場とかを巡ったかな」

「中央区を中心に巡ったのですね。では、北区の方はどうでしょう？」

「そっちは衣服屋を何軒か回ったくらい」

エルナ母さんの買い物に付き合わされて、衣服屋を梯子《はしご》した記憶が思い出される。

あれはしんどかったな。

「でしたら、本日は一流店の多い北区を中心に巡ってみるというのはいかがでしょう？」

よく考えると、北区の方はあまりゆっくりとうろついたことがなかった。

転移で何度か足を運んだことはあるが、北区は貴族の別邸なども多いこともあり、表立ってうろつくと噂《うわさ》になる可能性が高いからだ。

しかし、今回はミスフィード家の訪問という用事で合法的に王都に入っている。今ならば堂々と北区を歩くこともできるというわけだ。

「北区には当家が贔屓《ひいき》にしているお店がたくさんありますので、紹介状が無くともアルフリート様も入ることができますよ」

ロレッタの続く言葉に俺は驚く。

どうやらラーちゃんと一緒なら、一見《いちげん》さんお断りのハイランクのお店にも入ることができるようだ。それはすごい。

「いいね。じゃあ、そういう方向でお願いするよ」

「かしこまりました」

とりあえず、ロレッタのお任せで普段入れないお店を巡ってみることにする。

北区の通りを進んでいくと、程なくして馬車が停まった。

馬車から降りると、目の前には乳白色の壁に黒い屋根をした建物があった。

「ここは？」

「魔石細工のお店だよ」

「魔石細工のお店？」

「魔石を加工し、グラスやお皿、彫像などのものに加工した品物を並べているんです」

首を傾げていると、ロレッタが説明してくれる。

「そんなものがあるんだ」

「綺麗なものがいっぱいあるよ！　中に入ろう！」

感心していると、ラーちゃんが先に進んで扉を開けていた。

「ラーナ様、扉は私が開けますから！」

慌てて駆け寄るロレッタに苦笑しながら、俺も続いて店内へ入った。

すると、室内にも関わらず、夜空のような幻想的な光景が俺たちを出迎えた。

「うわっ、すごく綺麗」

店内に設置されている色とりどりのランプ。

それらが石造りの薄暗い室内を照らしていた。

ランプの中には透明なものもあるが、色つきのものも多く展示されていた。

「いらっしゃいませ。ラーナ様、ロレッタ様」

展示品に見惚《みと》れていると、奥から初老の男性が現れる。

銀色の髪を整髪料で撫でつけており、黒のスーツをピシッと着こなしている。

初老といっていいくらいの年齢に差し掛かるはずだが、佇まいに隙はない。

一流店だけあって格好だけでなく所作も一流のようだ。

しかも貴族であるラーちゃんだけでなく、ミスフィード家の使用人であるロレッタの顔も当然のように覚えている。

二人への挨拶が終わると、初老の男性はこちらにやってくる。

「お初にお目にかかります。わたくし、店主のオーケンと申します」

「スロウレット家次男のアルフリート＝スロウレットです」

「本日は当店にお越しくださりありがとうございます。ごゆっくりと商品を堪能していただければと存じます」

軽い挨拶を終えると、俺はゆっくりと歩き始めた。

それに続く形でラーちゃんやロレッタも後ろをついてくる。

床のカーペットはかなり消音性が高いようで足音はまったく響かなかった。

商品の鑑賞に集中できるように気を遣っているのだろう。

テーブルの上にはランプが並んでいる。

ヘッドの部分が真っ赤なガラスのようになっており、それが薔薇《ばら》の形になっている。

薄暗い空間を赤い光が照らしていて綺麗だ。

その隣には六角形をしたランプがある。奥行きを感じさせる空色と白の優しい色合いがとても綺麗だ。

「……これ、全部魔石を加工して作ってるんだ」

「はい。それぞれの属性魔石を加工して製作しているそうです」

魔石にはそれぞれの色がある。

無属性は白、火属性なら赤、水属性は青、土属性は茶色、風属性は緑といった風に。

「ここまで色合いが鮮やかな魔石ということは、相当強い魔物なんだろうな」

「そうなの？」

「これだけ透き通る色合いをしているってことは、それだけ使われた魔石の質がいいってことなんだ。つまり、その魔物は強い魔力を宿していたってことさ」

「へー」

「こちらの薔薇のランプはレッドワイバーンの変異種の魔石を使用しております」

ラーちゃんと魔石の話をしていると、控えていたオーケンがそれとなく口を開いた。

「ちなみにその魔物の討伐ランクは？」

「Bランクとされています」

ルンバのような猛者《もさ》がようやく狩れるレベル。そんな魔物とは絶対に戦いたくはない。

展示されている薔薇のランプの値段を見ると、金貨百二十枚と記されていた。

ただでさえワイバーンはCランクなのに、そこに稀少《きしょう》な変異種とくれば当然の値段か。

「綺麗なランプですね」

「アレイシアにピッタリ！」

「アレイシア様にはお世話になりましたし、おひとつ買っておきましょうか」

「うん、プレゼントする！」

俺が値段に目を剥《む》いている間に、隣ではラーちゃんとロレッタがあっさりと購入を決めていた。

まるで、友人にお茶菓子を買って贈るような気楽さ。

これが公爵家の財力か。

まあ、俺もリバーシやスパゲッティ、卓球なんかの収入で買えるんだけど、どうしてもこのくらいの高さになると尻込みをしてしまう。

根が庶民だからだろうな。

とはいえ、これだけ魅力的な商品を目にすると、俺も何か欲しくなってくる。

「俺も何か買おうかな……」

部屋で幻想的な光を放つランプを眺めながら眠ったりしてみたい。

「気楽に知人にお贈りしたいのであれば、こちらの商品がおすすめです」

などと悩んでいると、すぐにオーケンが案内してくれる。

移動すると、先ほどよりも小さめのランプが並んでいた。

こちらは先ほど見たランプよりも大きさや色の鮮やかさは少し劣るものの、値段は手ごろなものになっている。

価格も金貨数枚から数十枚と落ち着いたもの――って、金貨数十枚で落ち着いた値段と思うなんて金銭感覚がおかしくなっているのかもしれないな。

心の中で苦笑しながら商品を眺めると、一対のランプがついたS字のランプスタンドが目についた。

シェードの部分は小振りだが、ベースの曲線をしっかりと活かしバランスよく仕上がっている。

柔らかなグリーンとクールなブルーの輝きが、エルナ母さんとノルド父さんのようだ。

なんだかあの二人にお似合いな気がする。

「こちらのランプが気になりますか？」

「ええ、両親に合いそうだなと」

「確かに！　すべてを包み込むエルナ様と落ち着きのあるノルド様の雰囲気にピッタリです！」

エルナ母さんにそこまでの包容力があるかは微妙なところだが、女性であるロレッタが頷いてくれるのであれば間違いはないだろう。

「このS字ランプをお願いします」

「ありがとうございます」

値段は二つとも金貨三十枚。ただのお土産にしては少し高いが、家族への贈り物とカウントすれば痛くない。

「ついでにエリノラ姉さんとシルヴィオ兄さんのお土産も買おうかな」

どうせ王都のお土産を要求されるのはわかっているし、まとめて姉と兄の分もここで買ってしまおう。

シルヴィオ兄さんはランプだな。よく部屋で本を読んでいるし、落ち着いて読書をできるランプを買ってあげたい。

「これ、アルのお兄さんに合いそう！」

ランプを見て回っていると、ラーちゃんが駆け寄ってきた。

その小さな腕の中には本が抱えられている。

「……本？」

「開いてみて！」

ラーちゃんから受け取って本を開いてみると、ページが開かれ、暖かな光が放たれた。

「わっ、なにこれ？　本型のランプ？」

「そうみたい！　面白いでしょ？」

「うん、面白い。シルヴィオ兄さんへのお土産はこれにするよ。ありがとう」

「えへへ」

見つけてくれたお礼を伝えると、ラーちゃんは嬉しそうに笑った。

オーケンから説明を聞くと、本をモチーフにしたライトだそうだ。本棚から取り出して開けば点灯し、本を閉じれば光が消える。なんて面白いんだ。

シルヴィオ兄さんへのお土産の品はこれ一択だ。これ以外に考えられない。

「さて、残りはエリノラ姉さんか……」

家族の中でエルナ母さんの次にお土産を贈るのが難しい相手だ。

「アルのお姉さん？」

「うん。なんかいい感じのものある？」

「うーん、わかんない」

先ほどの活躍を期待して尋ねてみたが、ラーちゃんにピンとくるものはなかったようだ。

屋敷にきてくれた時も、俺やエリックと一緒にいたし、あんまりエリノラ姉さんと接点もなかったからな。イメージできるものが思い浮かばなかったのだろう。

ラーちゃんの力を借りられれば、エリノラ姉さんに渡す時に言い訳ができるというのに残念だ。

エリノラ姉さんのお土産は、自分で選んで決めるしかない。

エリノラ姉さんが部屋にランプを置いて、光を鑑賞……そんな可愛いげのあることをする姉ではないのはわかりきっている。

仮に買ってあげたとしても無造作に床に置いて踏んづけて割ったり、室内で素振りをして壊したりする未来が容易に想像できた。

「姉へ贈り物をしたいのですが、ランプ以外におすすめはありますか？」

「こちらの装飾品はいかがでしょう」

オーケンに案内してもらった先には、魔石を加工して作った腕輪、指輪、ネックレス、耳飾りなどの装飾品を中心とするものだった。

そういえば、エリノラ姉さんは耳飾りをつけていたな。

前回もヘアゴムやシュシュなどを贈ったら、それなりに喜ばれた。

装飾品をチョイスするのは悪くない気がする。

耳飾りを中心的に眺めると、蝶《ちょう》の羽根を模したものがあった。

黒と翡翠《ひすい》のカラーが走っており、羽根の繊維や鱗粉まで細かく見える。

「そちらは蝶の耳飾りといいまして、本物の蝶の羽を使用しております」

「やっぱり本物の羽根を使っているんですね」

「はい。裏表と違う表情をお楽しみできるだけでなく、魔力を込めれば灯りにもなります」

「あ、光った」

魔力を流してみると、蝶の羽根がほのかな光を灯した。

耳飾りとして綺麗なだけでなく、灯りとしても使用できるらしい。

耳飾りならエリノラ姉さんも既に身に着ける習慣がついているし、実用的な機能もあると知れば悪い気はしないだろう。

「では、これもお願いします」

「ありがとうございます」

購入の意思を告げると、オーケンが丁寧にレジの方に持っていってくれた。

「これで家族へのお土産は決まったし、お会計をしようかな」

「アルの分は買わないの？」

「あ、忘れてた」

家族へのお土産を買うのに夢中になって、自分の分をすっかり忘れていた。俺も何かランプが欲しいって思っていたのに。

「アルはどんなランプが欲しいの？」

「寝室に置けるランプが欲しいな。寝る前に綺麗な灯りを眺めたり、本を読んでゆっくりできるような」

「一緒に探そ！」

「私もお手伝いいたします」

「うん、お願いするよ」

希望のランプを言うと、ラーちゃんとロレッタが意気込みながら返事してくれた。

俺のためのランプを見つけるために、各々《おのおの》が動き出す。

気に入ったものを見つける過程を楽しんでいるとわかっているのか、オーケンは口を挟むことなく温かく見守ってくれている。そんな配慮がありがたい。

「アルフリート様、このランプなんて綺麗ですよ」

そう言ってロレッタが持ってきてくれたのは、赤と黒を基調とした六角ランプだ。

それぞれの面に赤、橙《だいだい》、桃といった暖色系の色が散りばめられている。

「確かに綺麗だけど、ちょっと色が強いかな」

寝る前に眺めることになるので、色味の強いものは遠慮したい。どちらかと言うと、柔らかな色合いの光がいい。

「なるほど」

詳細な希望を伝えると、ロレッタはランプを元の場所に置いてまた探し始める。

「アル、これは？」

ラーちゃんのいるところに寄っていくと、大きな貝殻の形をしたランプが置いてあった。

貝殻が丁寧に区切られており、海を模しているのか淡い寒色系の色合いをしている。

「うーん、爽やかで綺麗だけど、ちょっと大きいかも」

「そっかー」

色合いは落ち着いていて綺麗なのだが、なにぶんランプがデカかった。

屋敷のベッドサイドに置けないし、部屋の隅に置いても圧迫感が出そうだ。

もう少しコンパクトなものの方がいいかもしれない。

そう思って小さめのランプが置いてあるところに移動してみる。

こっちはとてもコンパクトだ。小さなテーブルに載るようなサイズから手の平サイズまで置いてあった。

これならうちの部屋でも使いやすそうだ。

後は気に入ったデザインや光の色を選ぶだけだ。

「うん？　なんだこれ？」

小型のランプを物色していると、球体型のランプが目についた。

つるりとした真っ白な表面をしている。

他のランプはとてもデザイン性が高いのに、このランプは控え目な感じだ。

「なんか蓋が開いた」

手に取ってみると、球体の上部分の蓋が取れた。

覗き込んでみると、中央に窪《くぼ》みがあり何かを設置するような凹凸がある。

「もしかして、こちらにある属性魔石をはめ込むんじゃないでしょうか？」

「なるほど！」

傍に置いてある水魔石を手に取り、球体の中にはめ込んでみる。

魔力を流し、裏面にあるスイッチを押すと、球体の上部から光が放射され、天井に淡い青色の光が照らし出された。

「おー、綺麗だ」

しばらく観察すると、今度は風魔石を設置してスイッチを押してみる。

すると、天井に緑の光が放射された。

「いろんな光が見れるんだ！」

「素敵ですね！」

魔石を変えて、その日の気分に合わせて光を眺めることができる。

とてもいいじゃないか。

火魔石、土魔石、光魔石とすべての属性を試し終えると、ずっと控えてきたオーケンが歩み寄ってきた。

「通常魔石では単色の光ですが、上質な魔石をはめ込めばもっと繊細な光を表現することもできます」

そう言ってオーケンが手渡してきたのは、青と水色の入り交じった透明感のある魔石だった。

強い魔力がこもっており、一目見ただけで上質なものだとわかる。

なんの魔石か尋ねるのが怖いので、何も聞かずにランプにはめてみる。

すると、天井に海が広がった。

そう錯覚するほど鮮やかな青色の光が照射されているのである。

三人揃って思わず感嘆の声が漏れた。

「魔力を調節することで色合いを変えることも可能です」

オーケンがランプに触れて魔力を強めると、深海のような暗い海のような色合いになったりオーロラのような強い色の入り交じる色に変化した。

逆に魔力を弱めると、浅瀬のような淡い海のような色合いになったりもする。

実に複雑な光の色合いと変化だ。上質な魔石を使っているからこそ、映し出せる色合いなのだろう。

ベッドで仰向けになって様々な光を楽しむ。いいじゃないか。

「これにするよ」

当初とは方向性が変わったけど、俺の寝室にピッタリのランプを買うことができたと思う。

久しぶりのウーシー肉

魔石細工のお店で会計を済ませると、俺たちは手ぶらで馬車に戻る。

買った商品は今日中にミスフィード家の屋敷に届けてくれるとのことだ。

当然、配送は無料。さすがは高級店だけあって、サービスが手厚い。

繊細な商品だけあって持ち歩くのは怖かったので助かる。

「いいランプが買えてよかったね」

「二人が色々と探してくれたおかげだよ。ありがとう」

「どういたしまして」

二人が色々なランプをおすすめしてくれたからこそ、好みのものを絞り込んで見つけることができた。

一人で探していれば、あのランプに出会うことはできなかっただろう。

家族へのいいお土産も買うことができたし、大変満足だ。

ちなみにミーナ、サーラ、トールたちへのお土産は魔石の端材を買ってある。

魔石を加工する際に発生する端材だが、これまた綺麗なのだ。

それらをペンダントにするなり、腕輪にするなり、自分たちで加工すると面白いだろう。

「次はどうされますか？　このまま違う店を回ってもいいですし、休憩も兼ねて昼食を召し上がるのもよろしいかと思います」

馬車が進むと、ロレッタが尋ねてくる。

魔石細工の店で長居していたために結構な時間が経過している。

正午には差し掛かっていないが、それよりも少し前といったところか。

「ラーちゃん、疲れてない？」

「大丈夫！」

気になるのはラーちゃんの体力だが、実に元気な様子。

顔色も良く、無理をしているといった雰囲気は感じられない。

「じゃあ、昼食にしようか」

「えー？　私、疲れてないよ？」

先ほどの問いかけのせいで、幼いながらもラーちゃんは自分が気を遣われていると察したらしい。

唇を尖《とが》らせて不満そうな顔をする。

「高級店は新鮮で楽しいけど慣れていないからね。俺が休憩したいんだ」

ぶっちゃけ俺が疲れているだけである。

「そうなの？」

「うん。だから、次は中央区の屋台街を回るのはどうかな？　あそこでのんびりと歩きながら昼食を食べたい」

「行きたい！　ロレッタ、いい？」

すぐにロレッタに尋ねるところ、普段から中央区に近寄らないように言い含められているのだろう。

ラーちゃんほどの身分の子供であれば、治安のいいところ以外は近寄らないようにするのが安全だからね。

「いいですよ。ただし、くれぐれも私たちから離れないようにしてくださいね？」

「わかってる！　ありがとう、ロレッタ！」

馬車の中でなければきっと飛び跳ねていただろう。それくらいラーちゃんは喜んでいる。

ロレッタも佇まいからして武術の心得はあるようだし、俺も付いている。

はぐれさえしなければ問題はないだろう。

そんなわけで俺たちは馬車の進路を変えて、大通りを南下していく。

王都の大通りの道幅は広いが、その分通行人も多い。

混雑していると馬車では中々進めないこともあるのだが、俺たちの馬車にはそのようなものは無縁だ。

「すごい。人がサーッと引いていくや」

「皆、やさしいね」

優しいというより、畏怖の気持ちが大きいだろうね。

なにせこちらの馬車には、ミスフィード家の紋章がついているから。

公爵家の威光を借りて、民を押しのける快感がちょっと癖になりそうだ。

意味もなく王都の大通りをこの馬車で走ってみたい。

なんてバカなことを考えながら景色を眺めていると、中央広場で馬車が停まった。

「馬車で進めるのはこの辺りまでですね。ここからは徒歩で向かいましょう」

これ以上先は人も密集している。馬車で進んでも徒歩で進むような速さと変わりない。

ロレッタの言葉を聞いて、俺たちは馬車から降りた。

「南に進もうか」

「うん！」

御者の人にはここで待機してもらい、俺たちはメインストリートを南下。

ほどなく進むと、通りの両脇に屋台が並び始めた。

昼食時に差し掛かる頃合いとあってか、あちこちで客を呼び込む威勢のいい声が響き渡っている。

相変わらずここは賑やかだ。たまにやってくると新鮮で楽しいものだ。

「ラーちゃんは、なにか食べたいものとかある？」

「あれが食べたい！」

尋ねてみると、ラーちゃんが指を差した。

その先をたどってみると、冒険者らしき男性が豪快に串肉に食らいついている。

「串肉が食べたいの？」

「うん！　おいしそう！」

普段、食べないスタイルだから気になったのかもしれない。

公爵家のお嬢様には似合わないかもしれないが、後ろにいるロレッタも特に文句を言う様子はない。

「わかった。串肉を食べようか。串肉にも色々あるけど、どんなものがいい？」

「どれがおいしいかな？」

串肉が食べたいという気持ちはあるが、鶏肉や豚肉といった具体的な指定はないようだ。

どうしたものかと考えていると、不意に見覚えのあるおっちゃんが目に入った。

初めて王都に訪れた時に買ったウーシー肉の屋台である。

「なら、あそこのウーシーの串肉なんてどう？」

「じゃあ、それで！」

ラーちゃんからの同意もとれたので、俺たちはウーシーの屋台へ移動。

「おっ、坊ちゃん。また来てくれたか！」

「覚えててくれたんだ」

「へへ、客を相手にする商売だかんな。そう簡単に忘れやしねえよ」

この屋台にやってきたのは約一年ほど前だ。

王都にやってきた初日とエリックと一緒に来た時のみ。

たった二回だけなのに、覚えてくれたことが嬉しい。

「ウーシーの串肉を三本お願い」

「あいよ。焼き上がるまで少し待っててくれ」

三本分の銅貨を支払うと、おっちゃんが網の上でウーシーの串肉を焼いてくれる。

そんな動作をラーちゃんが興味深そうに見つめていた。

「今日は随分と可愛らしい嬢ちゃんを連れてるじゃねえか。彼女か？」

焼きあがるのを待つ退屈しのぎとしても、少し心臓に悪い話題だ。

ラーちゃんが彼女ってなに？　なんて聞いてきた日にはなんて答えればいいのやら。

「違うよ」

「なんだ、ちげえのか」

俺はそれ以上話題を広げることなく、素気なく答えて話題を閉めた。

おっちゃんも冗談のつもりだったのか、朗らかに笑うだけで特に掘り下げたりはしない。

よし、後は適当な話題を振って、ラーちゃんが今のやり取りに関心を持たないように――

「アル、彼女ってなーに？」

遅かった。恐れていた質問が飛んできてしまった。

しかし、恐れることはない。ここにはそれを教えてくれる適任者がいる。

「それはね、教育係のロレッタに教えてもらうといいよ」

「ええ⁉」

丸投げされるとは思っていなかったのか、ロレッタが素っ頓狂な声を上げた。

ロレッタはラーちゃんのお付きの侍女であり、教育係も兼ねていると知っている。

そういったことは彼女にやってもらうに限る。

俺だって何度も修羅場をくぐっているんだ。四歳の少女を煙に巻くなど容易《たやす》いことだ。

「アルが教えて」

「え？　なんで？」

「アルに聞いたんだよ？　アルが教えてよ」

思いもよらないラーちゃんからの正論。

幼い故に教育係のロレッタに聞いた方がちゃんと教えてくれる云々《うんぬん》なんて言い訳は許してくれないようだ。俺の口から聞きたがっている。

「……彼女っていうのはね、女性をさす言葉だよ」

「知ってる。別の意味を教えて？」

「別の意味なんてないよ」

「ある！　じゃないとさっきの会話変だもん！」

「ほいよ！　ウーシーの串肉だ！」

ラーちゃんが不満げな様子を見せるが、そこでちょうどウーシーの肉が焼き上がった。

非常にナイスタイミングだ。

「ほら、串肉ができたし食べよう」

おっちゃんから串肉を受け取ると、俺はラーちゃんとロレッタに手渡して屋台の前から離れた。

「お昼時だけあってどこもベンチが混んでいますね。三人で座れそうなところを探して食べまーー」

とロレッタが提案しようとするが、既に俺はウーシーの串肉を食べていた。

あっ、やっちゃった。

ラーちゃんのために教育のためにきちんと座って食べた方が良かったか？

「おいしい！」

なんて思っていると、横にいたラーちゃんが俺の真似をしてパクリとウーシーの肉を食べた。

「ラーナ様、道端で立ちながら食べるなんてはしたないですよ！」

「でも、アルや他の皆も立って食べてるよ？」

「それは、えっと……」

ここで否定してしまえば、ここで立ち食いしている俺やその他の人たちを正面から非難することになる。

さすがにロレッタもそんなことはできないようだ。

「まあ、今日はそういうことをする日ということで」

「……はい」

混雑しているせいでベンチなんて空いていないし、探している間にウーシーの肉が冷めてしまう。郷に入っては郷に従えということだ。なんかごめんね。

「あっ、これ美味しいですね」

「でしょ？」

諦めた表情で串肉を口にしたロレッタが、目を見張りながら感想を漏らした。

自分の気に入っているものを、相手も気に入ってくれると嬉しくなるものだ。

パクパクと食べるロレッタを横目に、俺も二口目を口にする。

ジューシーで弾力があり、噛むとギュムッとしていて旨みが染み出てくる。

甘辛い濃厚なソースとの相性も抜群だった。

久しぶりに食べるウーシーの肉は格別だな。

「アル、次は違う串料理を食べたい！」

「じゃあ、今度は海鮮系とかいってみようか！」

「うん！」

食事作法といった堅苦しいのは抜きにして、俺とラーちゃんは屋台街を巡るのだった。

王都の寝具店

I want to enjoy slow Living

数々の屋台料理でお腹を膨らませると、俺たちは中央広場に戻り、待機させている馬車に乗り込んだ。

さすがにずっと立ちっぱなしでは疲れるからね。

ゆっくりと腰を落ち着ける時間も必要だ。

帰り道の屋台で買ったジュースを片手にゆったりと談笑する。

そんな時間を三十分も過ごすと、遊びたくなったのかラーちゃんがソワソワとしてきた。

そんな様子を察したロレッタと俺の表情が思わず緩む。

「アルフリート様は他に行きたいところありますか？」

「ミスフィード家が贔屓にしている寝具のお店とかある？」

さっきは思いつかなかったが、今なら答えられる。

転移があるからいつでも王都に遊びにこられるけど、さっきのような紹介制のお店は一人でやってきても店内に入ることは不可能だ。だったら、ミスフィード家のコネが使える今のうちに行っておきたい。

「アル、ベッドが欲しいの？」

「とりあえずは枕かな。ラーちゃんの屋敷にあるものがすごく良かったからね」

ミスフィード家の布団や枕はどれもフカフカだ。

寝具にこだわっている俺だからこそ品質の高さがわかる。

デザイン性だけでなく機能性も実現されている素晴らしいクオリティだった。

そんなラーちゃんたちが贔屓にしている寝具店なら、きっといい枕があるはずだ。

本当はベッドまで欲しいけど、ベッドとなると持ち帰るのが大変だ。

高級店ならばコリアット村まで輸送してくれそうだが、かなり割り増し料金にもなりそうだし。

分解できるタイプなら馬車に載せて帰ることもできるけど、相談も無しに買えばエルナ母さんに小言を言われることは間違いない。

「当家が利用している寝具店であれば、北西区画にありますよ。参りましょうか？」

「お願い」

「わかりました」

ロレッタが御者に合図を出すと、停車していた馬車がゆっくりと進み出す。

中央広場を出て北西に進んでいくと、人通りは落ち着いたものになる。

北区に入っていくと高級店が並ぶようになり、通りの一角で馬車が停まった。

「ここが当家の利用している寝具店『スリーパス』になります」

ロレッタの示す先には、大きな寝具店があった。

他の商店などは煌《きら》びやかなのに比べ、目の前の寝具店は木材と白材を使った外装で非常に落ち着いている。清潔感と安心感を大事にしているのだろうか。

従業員や店主に会ってもいないが、この店は信用できるなと直感で思った。

お店の中に入ると、だだっ広いフロアの中にたくさんのベッドが並べられていた。

「……楽園だ」

これだけベッドがあると、日替わりで眠るベッドを変えるなんてこともできそうだ。

ラーちゃんとロレッタが入店すると、奥から眼鏡をかけた品のいい女性が出てきた。

桃色の長い癖毛で、空色の瞳は垂れ下がっており非常に眠たそうだ。

女性はまず先に二人に挨拶をすると、俺のところにやってきた。

「お初にお目にかかります。『スリーパス』の店主をしておりますネームと申します～」

柔らかな雰囲気に間延びのした声のせいか、声を聞いているだけで眠くなってきそうだ。

「スロウレット家のアルフリート＝スロウレットといいます。よろしくお願いします」

「本日はどのようなものをお求めでしょう？」

「気に入ったものがあれば、枕を買いたいなと思っています」

「汎用式とオーダーメイド式とありますが、どちらになさいますか？」

「ええ？　枕にオーダーメイドなんてあるの？」

ネームの問いかけに傍で聞いていたラーちゃんが驚きの声を上げる。

エリックやトールの発言であれば、小一時間ほど説教をするところだがラーちゃんはまだ幼い子供。睡眠に対する意識が低いのも仕方がない。

「ラーちゃん、よく聞いて。人は生涯の三分の一をベッドで過ごしているんだ。この時間が快適なまどろみとなるか、寝返りの多い不快な時間になるかは、ベッドと枕が自分の身体に合っているかで左右される。身体に合わないものを使用していると血液の流れが阻害され、酸素と栄養が十分に巡らなくなってしまうからね。身体は寝返りを打つことでこれを解消しようとするけど、多すぎる寝返りは睡眠の質を大きく下げる。自分に合ったものを選ぶことで、同じ睡眠時間でもより熟睡することができるんだ。寝具にこだわる大切さがわかるでしょ？」

「ええ？　あ、うん」

などと語りかけるが、ラーちゃんは戸惑いを露《あら》わにするだけだった。

ついでにロレッタはドン引きといった表情。

寝具に対する過剰な熱意が理解できないといった表情。

この世界は前世に比べて科学の発展が遅れている。

ベッドと枕の重要性と睡眠について語っても、到底理解できないだろう。

言ってからやってしまったと気付いたが、二人の反応を大きく吹き飛ばすような反応を示す者が一人いた。

「素晴らしい！　お客様はお若いながら寝具の重要性をわかっていらっしゃるのですね！　ここまで睡眠に対する深い知見をお持ちである方は初めてです！」

感動しているのか俺の両手を手にとって言ってくるネーム。

寝具店を営んでいるだけあって、彼女も睡眠には並々ならぬこだわりがあるようだ。

「三大欲求の一つですからね。知見を深めるのは当然のことですよ」

なんて冷静に言ってみせるが、エルナ母さん以外で睡眠の話をできる人は初めてだったので俺も舞い上がっていたりする。

「欲求には他にも食欲、性欲とありますが、こんなにコスパよく、簡単に気持ちよくなれることは他にありませんからね！」

ネームの興奮した声に店内にいた何人かの貴族が、ギョッとした顔でこちらを振り返る。

同士を見つけて興奮する気持ちはわかるけど、もうちょっと表現を考えてほしい。

「ネーム店長、声が大きいです。それともう少し言い方を考えてください」

「ご、ごめんなさい！　同じレベルで寝具に関して話せる人が中々いなくて……」

他の店員に注意されたことでネームは我に返ったらしい。

顔を真っ赤にしてペコペコと謝る。

「いえ、気を付けてもらえれば大丈夫です」

ちなみにラーちゃんはロレッタによって耳をふさがれていたので聞こえていなかったようだ。

本当によかった。

「えっと、枕をご覧になりたいとのことでしたね。まずはアルフリート様の睡眠環境や枕のお悩みなどをお聞かせください」

「わかりました」

俺とネームは店内の端にある椅子へと移動。

「ラーちゃんも枕を作ってみる？」

「私も？」

「うん、世界に一つだけの自分だけの枕を作ってみない？」

「私だけの枕！　作る！」

自分だけの枕というフレーズが気に入ったらしい。

そんなわけでラーちゃんも一緒に睡眠環境について話すことにした。

「スライムを枕に!?」

ヒアリングをしていると、ネームが俺の話すスライム枕に食いついた。

「あっ、はい。スライムを枕にすると中々に気持ちがいいんですよ。どんな人の身体にもフィットするので身体を痛めることもありませんし」

「アルの屋敷にあったやつだよね。あれすごくよかった」

うちの屋敷に遊びにきた時にスライム枕はラーちゃんもお試し済み。

枕だけでなくクッションとしても利用できるのでスライムは万能だ。

「魔物を枕に利用する……その発想はありませんでした！」

スライムを枕にすることについて話すと、嫌悪感を抱く人もいるのだが睡眠について貪欲なネームは微塵も気にならないようだ。

「あ、あの、スライム枕についてもう少し詳しく！」

「コホン」

「あっ、いえ。すみません。今はお二人の枕についてでしたね」

ネームが暴走しかけたところで後ろにいる従業員が咳払い。

睡眠を愛する者として非常に気持ちはわからないでもないが、今は仕事に集中してもらえると嬉しい。

睡眠羊の枕

I want to enjoy slow Living

「睡眠環境について理解いたしました。お二人の求める枕を作成するために素材の選定をいたしましょう」

気を取り直してネームと共に移動すると、いくつもの生地が陳列されている台にやってきた。

「当店では厳選した八種類の素材を扱っております」

トリーの商会や他の街の寝具店では精々が三種類程度なんだよね。

さすがは王都の高級寝具店。わざわざ足を運んだ甲斐《かい》がある。

「枕の素材については個人のお好みとなりますので、手で触れて気に入った感触のものを教えてください」

「わかった！」

「わかりました」

ネームに言われて、順番に並べられた生地を触っていく。

そば殻のようなシャリシャリとしたハードなものから、羽毛を使ったソフトなものと実にバリエーションが豊かだ。

「ラーちゃんはどのくらいの柔らかさが好き？」

「これ！」

ラーちゃんがポンと叩いたものを触ってみると、とても肌ざわりがよくて柔らかかった。

「ホワイトホークの羽毛ですね。羽毛には多くの空気を取り込む性質があるので、保温性に優れております。秋や冬などの肌寒い乾燥した季節でも、ふっくらと暖かな空気で包んでくれます。また通気性にも優れているために蒸れ難《にく》く、夏場でも快適です」

たった一つの素材でここまで詳細な説明ができるとは、素材についてかなり熟知しているようだ。睡眠欲が高いだけある。

「さらに素晴らしいのが衛生面です！」

「衛生面？」

「ホワイトホークの羽には魔力を込めることで浄化効果があるんです。定期的に魔力を込めれば、中の羽毛が汚れることはありませんし、羽毛枕にありがちな変な匂いがすることもありません」

「へえ、それはすごいや」

さすがは異世界。ファンタジー素材で作られている枕もあるようだ。

毎日使うだけに衛生面が気になる枕だが、魔力を流すだけで浄化できるのだったらそういった心配は無縁だな。

「うん？　なんだか覚えがある感触の枕だ」

感心しながら触っていると、妙に手慣れた感触のする枕があった。

「そちらはドール領で生産された綿を使用しております。ふっくらとしており、弾力性があるためにしっかりと頭部を支えてくれます。またかさ高性に優れているために保温性と保湿性が高いです」

どうやらグレゴールの領地で生産されている綿らしい。道理で親近感があるわけだ。

良質なだけあってさすがの手触りだけど、前回グレゴールが訪れた時に特産品として枕やクッションを貰っているので今は遠慮しておこう。

「アルはどういう枕がいいの？」

「程よい柔らかさのものがいいかな」

硬いのは論外だけど、柔らかすぎると頭が変に沈んでしまう。

柔らかさがありつつ、頭部を受け止めてくれる硬さのある枕がいい。

「それでしたらこちらの素材などいかがでしょう？」

「あっ、ちょうどいい感じ」

ネームが持ってきてくれた枕を触ってみると、まさに理想的な感触だった。

「こちらは睡眠羊の毛を使ったものとなります。程よい硬さがありながらも独特の柔らかい寝心地が特徴的です。なにより素晴らしいのが、睡眠羊の放つリラックスフェロモンが宿っていることですね！」

「具体的な効果は？」

「ひとたび、この枕を使えば快適な睡眠へと誘《いざな》ってくれます！　眠気を感じていなくても知らない間にぐっすりと！」

「うっそだー」

ネームの力説を聞いて、ラーちゃんが実に素直な言葉を吐く。

言葉にはしていないものの俺も同じ気持ちだ。

そんな枕があるはずがない。リラックスフェロモンとはなんだ。

「疑っておいでですね？　でしたら、睡眠羊の毛を使った枕を使用してみてください！　きっとすぐに眠れるはずですから」

俺たちの疑いの視線を受けるも、ネームはまったく怯《ひる》むことはない。

棚から睡眠羊の毛を使った枕を二人分用意して、展示しているベッドの上に設置する。

「とりあえず、試してみようか」

そこまで言うならやってみようじゃないか。

俺とラーちゃんは靴を脱ぎ、ネームが用意してくれたベッドに仰向けになる。

そして、睡眠羊の毛を使った枕をセット。

どこでも眠ることのできる俺だが、さすがにお出かけの際中に眠ることはない。

ほーら、いつまで経っても眠ることなんて……。

◆

朦朧《もうろう》としている意識の中、身体が揺すられ、声をかけられるのを感じた。

「アルフリート様、起きてくださいませ！」

やめてほしい。俺は今心地よいまどろみの中にいるんだ。

ずっとこのままでいさせてほしい。

そんな願いとは裏腹に俺の身体を揺する力は強くなり、大きな声で呼ばれる。

それでもこのまどろみが心地いいので無視していると、腹部に強い衝撃が走った。

「アル！」

「――はっ！　ら、ラーちゃん？」

衝撃と驚きで目を開くと、俺の身体の上にラーちゃんが跨《また》がっていた。

「やっと起きた！」

「あれ？　俺ってばいつの間に眠ったんだっけ？」

「睡眠羊の枕で寝試しを行っていたんです」

ロレッタに言われて思い出す。

そうだ。ネームが睡眠羊のリラックスフェロモンとかいうものの効果を試すために使ってみたんだっけ。

「いつの間に寝たんだ？」

「それはもうすぐに眠ってらっしゃいましたよ？　それもぐっすりと」

ネームが実にいい笑みを浮かべながら言う。

「私もすぐに寝ちゃった」

「ラーちゃんも？」

「ラーナ様は枕が変わると寝つきが悪くなってしまうのですが、お二人とも驚きの寝入りの早さでした」

ラーちゃんの普段の就寝事情を知っているロレッタも驚いているよう。それほどまでに睡眠羊のフェロモンはすごいらしい。

とりあえず、起こしてくれたラーちゃんに礼を言って、お腹の上から退いてもらう。

「よろしければ、ロレッタさんもお試しになってください」

「私もですか？」

「せっかくだし使ってみなよ」

などと勧めてみるが、実際には他人がどれだけすぐに寝てしまうか見てみたいからだ。

「では、お言葉に甘えまして」

ロレッタも気になっていたのだろう。あっさりと靴を脱いで、ベッドの上で仰向けになる。

そんな光景を俺とラーちゃんとネームが見下ろす。

「なんだか改めて眠っている姿を見られると思うと緊張いたしますね」

他人に眠る姿を見られるのって恥ずかしいし、これだけ周囲に人がいればそれもそうか。

「じゃあ、少しだけ離れようか？」

「…………」

などと言うもロレッタからの返事がない。

ラーちゃんがロレッタの目の前で手を振ってみたり、耳を寄せてみたりする。

「……寝てる」

「早っ！」

速やかに寝入ることができると聞いていたが、まさかここまで早いとは驚きだ。

寝入っている女性に近づくのは少し失礼だと思ったが、意を決して近づいてみると規則正しい寝息が聞こえた。

「寝入りが早いということは、それだけ疲労が溜まっている証拠でしょう。睡眠羊のフェロモンはあくまで、その人物の睡眠への欲求を引き出し、誘導するだけですので」

「なるほど」

いつやってくるかわからないスロウレット家を王都で見張り、俺に気を遣いながらラーちゃんのお世話をしている。

疲労が溜まっていたのも仕方のないことだろう。

「もう少し寝かせてあげようか」

「そうだね」

ラーちゃんがこくりと頷いた。

俺たちが枕を作るのに時間はまだかかる。

高級店だけあって入り口には警備員がいて安全だし、ロレッタには少し休憩させてあげよう。健やかな眠りの邪魔はしたくない。

「睡眠羊の毛は吸湿性、放湿性に優れ、耐久性があります。また羽毛のような復元力もあり、長期間使用しても変わらない品質の寝心地が味わえます。いかがでしょう?」

「丸洗いはできますか?」

「可能です。ただ魔物素材のために手入れが必要で夏場は少しだけ熱がこもりやすいです」

「そのくらいだったら問題ないですね」

お手入れは自分だってできるし、ミーナやサーラに頼めばやってくれるだろう。

「では、ラーナ様の素材はホワイトホーク、アルフリート様の素材は睡眠羊の毛にいたしましょう」

「お願いします」

こうしてラーちゃんと俺の枕の素材が決定した。

◆

「では、お二人の首や頭の高さを測定し、実際に寝ていただきながらフィッティングをしていきましょう」

素材の選定が終わると、ネームが大きな銀色の道具を引っ張り出してきた。

「針みたいなのがいっぱいついてる！」

「首や頭の高さを計測するための道具です」

棒がたくさん生えているようで物騒な見た目をしているが、どうやら計測器のようだ。

「リラックスした体勢でお立ちになってください。後ろから計測器を当てます」

ネームに背中を向けると、背中の中心から後頭部にかけて計測器を押し当てられた。

カシャンッと何かが凹むような音がする。

「はい、計測完了です。こちらがアルフリート様の睡眠時の姿勢です」

振り返ると、計測器についていた銀色の棒がアーチを描いていた。

「これが俺の姿勢ってわけですね？」

「はい！　このアーチを埋める形に枕を作成すれば、首や頭に負担がかかることはないということです！」

姿勢を一発で形にすることができるとは便利な道具だ。さすがはオーダーメイド。

「では、ラーナ様も失礼いたします」

同じようにラーちゃんの背中と後頭部にも別の計測器を押し当てる。

すると、銀色の棒がラーちゃんの姿勢をなぞるように凹んでアーチを描いた。

「もう終わり？」

「はい、計測完了です」

計測器を一回押し当てると計測は完了。

何度も物差しを当てられることを覚悟していたので、この時短術には感謝だ。

「お次はフィッティングとなります。まずはアルフリート様の方から仰向けになってくださいませ」

ネームに言われて、再びベッドで仰向けになる。

「あれ？　でも、睡眠羊の枕だとまた寝ちゃうんじゃ……」

「ご安心ください。お試し用の枕はフェロモンを抜いておりますので」

「なるほど」

何度も寝てしまってはフィッティングができないからな。

「少し頭を上げてもらっていいですか？」

「はい」

頭を上げると、ネームが枕の下に何枚かのシートを入れた。

「アルフリート様の姿勢ですと、このくらいの高さでいかがでしょう？」

「あっ、いい感じです！」

入れ終わって頭を下ろすと、ピッタリと枕がフィットするのを感じた。

これだけ頭や首にフィットする枕は生まれて初めてだ。

目をつぶって鼻で呼吸すると、違和感がなくスーッと空気が入ってくる。

試しにネームがシートを一枚抜いたり、足したりしてみせてくれる。

「高さを調整してみましたがいかがでしょう？」

「最初の枚数が一番いいです」

「かしこまりました。お次は横の姿勢を調整しますので、横向きになってください」

どうやらこの枕は横も調整できるようだ。

枕の端を使うように頭の位置を変えて、横向きの姿勢になる。

シートを入れていない場合ではしっくりこない。しかし、ネームがちょうどいい枚数のシートを足すと、横向きもフィットするようになった。

「いかがでしょう？　こちらではあれば背骨のラインに対して真っすぐになっていますので首への負担も最小限のはずですが、違和感などがあれば調整いたします」

試しに寝返りなどをしてみるが、まったく違和感はない。

中央との高低差も気にならないし、横向きで呼吸も楽だ。

「バッチリです！」

「ありがとうございます」

俺の枕のフィッティングが終わると、次はラーちゃんが枕の高さを調整するためにベッドで仰向けになる。

「いかがでしょう？」

「わっ！　これしっくりくる！」

幼い故に感想がやや曖昧なので調整に少し時間がかかったが、ラーちゃんもしっくりとくる高さのものを見つけられたようだ。横向きも同じように調整していく。

「では、こちらの高さで枕の作成にとりかからせていただきます」

計測した数値を記載した書類を見せてくれるが、具体的な数値を教えてもらってもよくわからない。

とにかく、その数値が俺たちの姿勢にピッタリだということはわかるので頷いておく。

ちなみに値段の方は、俺の買った魔石ランプよりも高い。

だけど、睡眠に関しては妥協したくないので、その金額を受け入れた。

「問題ありません。よろしくお願いします」

「納品に関しましては一週間後を予定しております。無料でお送りすることもできますが、いかがしましょう？」

「私の屋敷に送ってー」

「かしこまりました」

店頭での受け取りにするかを迷っていたら、ラーちゃんがあっさりと言ってくれた。

さすがはお嬢様だけあって配送サービスに慣れている。

「枕が届くまで帰っちゃダメだよ？」

袖をくいっと引っ張りながら上目遣いに言うラーちゃん。

可愛すぎて母性がくすぐられる。

「そんなにすぐには帰らないから安心して」

「やったー！」

どっちにしろ遊園地のことを考えると、すぐに帰ることはできなさそうだからね。

ノルド父さんも最低でも一週間の滞在は視野に入れているはずだし。

「あっ、ネームさん。気になることがあるんですが聞いていいですか？」

「なんでしょう？」

「……この睡眠羊のフェロモンを強めることってできませんか？」

さっきフィッティングをする際の枕は、フェロモンを抜いているとネームは言った。

つまり、フェロモンの調整ができるということだ。抜いたものがあるということは、強めたものだって作成できるはず。

「いけません。あまりにもフェロモンを強めてしまうと、望まない睡眠を人に与えてしまいますから」

「望まない人に睡眠を与えたいから強めにしたものが欲しいんです」

ハッキリと告げると、ネームが呆れたような顔になる。

だけど、こっちは死活問題なんだ。

フェロモンを強めた枕があれば、稽古に誘ってくるエリノラ姉さんを眠らせたり、面倒くさそうな用件を持ってきたノルド父さんを眠らせて撃退することができる。

ビッグスライムのクッションとの合わせ技を使えば完璧だ。

「申し訳ございません。当店の信用にもかかわりますので」

「ですよねー」

この店の枕を使って事件でも起こそうものなら、信用にもかかわってくる。

さすがに無理な話か。

「これは独り言なのですが、ご自身で睡眠羊の毛を手に入れてフェロモンを調整する分には問題ないかと」

落胆していると、ネームが小さな声でそんな呟きを漏らす。

そうか！　その手があったか！

「では、枕を追加でもう一つお願いします」

希望の光を手にした俺は、追加で睡眠羊の枕を注文することにした。

睡眠羊の毛については入手が難しいようだが、トリーに何とかして手に入れてもらうことにしよう。

空のお散歩

I want to enjoy slow Living

ネームに見送られて、俺とラーちゃんは寝具店を出る。

「いい買い物ができたね」

「うん！　新しい枕で寝るのが楽しみ！」

ラーちゃんも自分だけの枕を作ることができて大満足のよう。

届くのは一週間後。睡眠羊の枕を使って眠るのが非常に楽しみだ。

「もうすぐ夕方だね」

「……うん」

ふと空を見上げれば、太陽がゆっくりと傾き始めている。

あと一時間もしないうちに王都は茜色に染まっていくだろう。

ラーちゃんを連れている以上、あまり遅い時間に帰宅するのはよろしくない。

ラーちゃんも門限が迫っていることがわかっているのか、空を見つめる顔はどこかしょんぼりとしている。

まだ遊び足りないのだろう。

「ラーちゃんにはいくつもお店を案内してもらったし、最後は俺がおすすめの場所に案内してもいいかな？」

「うん！　案内して！」

王都に住んでいない俺におすすめの場所があるというのも変な話だが、ラーちゃんは特に疑うこともなく素直に頷いてくれる。

ラーちゃんが同意すると、俺は通りを南下していく。

「馬車はこっちだよ？」

「俺のおすすめする場所は馬車じゃ行けないんだ」

これから案内する場所は空だ。馬車で行けなくもないけど、かなり目立つし、風情がなくなってしまう。

曲がり角を曲がって人気《ひとけ》のないところに入ると、俺は無属性魔法のシールドを発動。

二メートルほどの平べったい直方体を作り上げると、空への階段になるように連続作成していく。

「わっ！　シールドがこんなにたくさん！」

何百枚と出現したシールドにラーちゃんが驚きの声を上げる。

「これから空の散歩に行くよ。危ないから手を繋いでも大丈夫かな？」

「うん！」

手を差し伸べると、ラーちゃんは小さな手を重ねてくれた。

落っこちないようにシールドは大きめに設定しているけど、万が一のことがあったら怖いからね。

もし、落下してしまっても俺と密着さえしていれば瞬時に転移ができるので安全だ。

準備が整ったところで、俺とラーちゃんはシールドの階段を登る。

「空への階段だ！」

コツコツと階段を登っていくごとにラーちゃんは嬉しそうな声を上げていた。

本日のラーちゃんの服装は空色のドレスだ。

不届き者がいれば、下からあられもない姿が見えてしまう。

高度が上がれば視認されることはないだろうが、もしものことがあるので俺はシールドに魔力を込めて、透けないように濃度を変更しておいた。

俺とラーちゃんは手を繋ぎながらコツコツとシールドの階段を登っていく。

いくつものシールドを乗り越え、結構な高さになってきた。

俺は慣れているから平気だけど、ラーちゃんは怖くないのだろうか。

「大丈夫？　怖くない？」

「平気！」

心配になって尋ねると、ラーちゃんはにっこりと笑いながら答えた。

特に無理をしている様子はない。本当に平気のようで、この状況を楽しめているようだ。

無邪気さ故に恐怖心が薄いのかもしれない。

平気ならもっともっと高く進んでみよう。

「シールドってこういう使い方ができるんだ」

「薄く水平に展開してやれば足場にできるし、ちょっとした物置きの代わりとしても使えるよ」

「アルの魔法の使い方って、変だけど面白いね」

「戦闘用の魔法を練習したところで戦い以外では使えないからね。俺は戦闘なんてしないから生活に便利な魔法を練習して使うんだよ」

生涯に何回かしか使わない魔法よりも、生涯使い続ける魔法を練習し、習得した方がよっぽど人生が豊かになると俺は思う。

「私もアルみたいな便利な魔法が使えるようになりたい！」

ラーちゃんも俺の魔法論に賛同してくれるようだ。実に素晴らしい。

「じゃあ、ラーちゃんも練習だね。この先の足場を作ってくれる？」

「わかった！」

ちょうど続きの階段がなくなってしまったので、追加分は練習も兼ねてラーちゃんに作ってもらう。

「『我は求める　堅牢《けんろう》なる魔力の障壁を』」

サイキックは使い慣れたために詠唱破棄ができるようだが、シールドはまだできないみたいだ。

まあ、そこはサイキックと同じように練度を高めていき、詠唱面倒くさい精神が芽生えればできるようになるだろう。

ラーちゃんが呪文を唱え、階段の続きとなる障壁を作成してくれる。

「どう？」

「障壁全体にしっかりと魔力が張り巡らされているね。いいシールドだけど、もうちょっと魔力を薄くできる？」

ラーちゃんの作成してくれたシールドは戦闘用として評価するなら問題ないが、ただの足場にするには魔力が多すぎる。

このまま作成していけば、ラーちゃんの魔力量では二十枚ほどで底を尽きてしまう。

「これ以上薄くすると壊れない？」

「大人二人ならそうかもしれないけど、俺たちは子供で軽いからね。今の魔力の半分以下でいいよ」

「わかった。やってみる」

ラーちゃんがもう一度呪文を唱えてシールドを展開。

「どう？」

「いい感じ！」

先ほどよりも魔力量がしっかりと抑えられている。障壁としては頼りない強度だが、足場にするだけならこれで十分だ。

俺とラーちゃんが足を踏み出して乗ってみるも割れることはない。

「本当だ！　アルの言った通りだ！」

自分の作り出した障壁の上でピョンピョンと跳ねるラーちゃん。

「極限まで魔力を節約すると、これくらいのシールドでもいけるよ」

そう解説しながら俺は魔力を極限まで薄めた状態のシールドを展開した。

「え？　こんなに少ない魔力じゃ壊れるよ？」

「大丈夫。割れる前にすぐ移動するから」

俺はラーちゃんの手を引いて薄いシールドに乗る。

そして、すぐに次の障壁へ移動。

後ろでは二人分の体重を受け止めた衝撃で小さなシールドが割れていた。

「一瞬の足場になればいいから、その瞬間だけ耐えられればいいんだ」

「なるほどー」

教本にある魔法は戦時を基本としていることが多いからね。生活に落とし込むために、余分なところは削って調整するのがいいと俺は思う。

そんな感じでラーちゃんのシールドを練習しながら移動。

気が付けば、俺たちは王都の遥か上空に到達していた。

ここまでくれば王都の景色を一望するには十分だ。

俺は足場となっている障壁を十メートルくらいの大きなものにし、転落しないようにシールドを変形させて手すりなどを作る。

「わー！」

「どう？　空から眺める王都の景色は？」

「すごく綺麗！」

遥か上空から見下ろす王都の景色に大興奮のラーちゃん。

俺の手を引っ張りながらあっちこっちとシールドの上を移動し、様々な角度から王都を眺め始める。そんな姿がとても微笑ましい。

「ミスフィリト城と同じくらいの高さだ」

「そうだね」

そういえば、ミスフィリト城といえば、前回エリックと共に空に避難してきた時に可愛らしい少女がいたっけ。そんなことを思い出して、瞳に魔力を集めて視力を強化。

少女のいた窓に視線を向けてみると、桃色の髪をしたメイドさんが見えた。

随分と鮮やかな桃色の髪だ。冒険者のイリヤと髪色がとても似ている。

イリヤのお姉さんは尊い人に仕えているメイドだとか言っていたけど、あそこにいるメイドだったりして。

ちなみにメイドさんは見えるものの、前回手を振ってくれた少女は見えない。

場所を変えれば見えるかもしれないが、なんだか人の部屋を覗き見しているようで憚《はばか》られた。

今もかなりグレーだよな。これ以上視線を向けるのはやめておこう。

「ラーちゃんの屋敷はどこかな？」

「あそこ！」

尋ねると、ラーちゃんがすぐに方角を示してくれた。

さすがは王都に住んでいるだけあって土地勘はバッチリのようだ。

指先を辿《たど》ると、真っ白な壁に青い屋根をしたミスフィード家の屋敷が見えた。

敷地が広いために外から覗くことはできないが、さすがに上空からはよく見える。

というか、こうして上から見ると改めてミスフィード家がどれだけ広い土地を所有しているか一目瞭然だな。

俺とグレゴールの遊園地計画に乗って、土地を確保するとか言ってくるのも納得だ。

「あっちが魔石加工のお店で、こっちがお昼を食べた屋台街だね」

ラーちゃんが指をさす。俺たちが今日巡った場所をなぞるように。

「あそこが中央広場ですぐ下にあるのが寝具店だね。店の前には慌てふためいたロレッタが——

——」

となにげなく呟いたところで俺とラーちゃんの思考が止まった。

「ロレッタ！」

「寝具店で寝かせたまま忘れてた」

注文が終わったら起こしてあげようと思っていたのに、すっかりと忘れていた。

それはラーちゃんも同じだったらしく、たった今思い出したと言わんばかりの表情だ。

「ロレッタと合流しようか」

ロレッタの顔が可哀想なくらいに真っ青になっている。

早く合流しなければ大事になりかねない。

「えー、もうちょっと空のお散歩したーい」

「また一緒に出かけるから、その時に一緒に空のお散歩をしよう?」

「わかった！　なら帰る！」

もう一度遊ぶ約束を交わすと、ラーちゃんはすんなりと頷いてくれた。

「ん！」

シールドの階段を降りようと足を踏み出すと、ラーちゃんが手を差し出しながら言った。

短い言葉であるが、さすがにラーちゃんが何を求めているかわからない俺じゃない。

手を繋ぐと、俺たちはシールドの階段を駆け下りた。

「ラーナ様、アルフリート様、申し訳ございません！」

店の前でロレッタと合流すると彼女は深く頭を下げて謝罪した。

「いや、睡眠羊の枕を試してみてって言ったのは俺たちだから気にしないで」

「うん、気にしなくていいよ」

「うう、ですが……」

などとフォローしてみるが、ロレッタは罪悪感が半端なさそうだ。

理由があるとはいえ、仕事中に眠ってしまって主とはぐれるなんてお付きの侍女からすれば大きな失態だろう。

とはいえ、どんなに真面目な人でも疲れていれば睡眠羊のフェロモンは眠りの本能へと誘う。ロレッタがどれだけ気を張っていても抗うのは無理だったはずだ。

「さて、そろそろ屋敷に帰ろうか」

「そうだね」

俺とラーちゃんはお店の前で待機していた馬車に乗り込む。

「ロレッタも早く！」

「あ、はい！」

ラーちゃんが呼ぶと、落ち込んでいたロレッタも遅れながらも乗り込んだ。

今回のことは仕方のないことだし割り切ってもらうしかない。

ちょっと微妙な空気の中、馬車はミスフィード家の屋敷へと移動する。

ミスフィード家の屋敷にたどり着く頃には、空の色が薄暗くなってきてちょうど玄関の魔石灯が点灯し始めた頃だった。

よかった。完全に暗くなる前に帰ることができて。

ホッとしながらラーちゃんと一緒に馬車を降り、ロレッタが玄関の扉を開けてくれた。

屋敷に入ると、ミスフィード家の使用人たちの他に何故かシューゲルまでもが出迎えに立っていた。

俺を見た瞬間、彼の眉間に深いしわが寄って身体が震え始めた。

ラーちゃんと日が暮れるまで遊んでいたので怒っているのだろうか？　いや、でもまだ夕方だし、夜って言えるほどの時間帯ではない。俺たちの年齢を考えれば健全な時刻での帰還のはず。

「……アルフリート殿は今日一日で随分とラーナと仲良くなったのだなぁ？」

堪えるかのような声音をしながらシューゲルが視線を向けてくる。

彼の憎々しげな視線を追って手元を見てみると、俺とラーちゃんの手が繋いだままであることに気付いた。

やっちゃった。

目の前で溺愛している我が娘と手を繋いでいる男がいる。

シューゲルが俺に怒りを抱くのも当然だ。

「あ、いや、これは何でもないです」

「なんではなすの⁉」

俺が慌てて手を離すと、ラーちゃんが傷付いたかのような顔になる。

「ラーちゃんと手を繋いでいると、シューゲル様が嫉妬するからかな？」

「じゃあ、パパも一緒に手を繋ごう？　それならいいよね？」

「え？　ああ、うむ」

ラーちゃんがそう言って手を差し伸ばすと、シューゲルは般若《はんにゃ》のような表情を引っ込めて手を握った。そして、反対側に俺の手が握られる。

なにこれ？　どういう状況？　よくわからないが、ラーちゃんのお陰でシューゲルからすっかりと毒気が抜かれたみたいだ。

ひとまず、助かったという認識でいいのだろうか？

ホッとしていると、不意に俺の耳元でふわりとした風が吹いた。

「次はない」

どうやら俺にだけ聞こえるように風魔法で声を乗せた模様。

「はい」

今回は許してもらえたが、次に同じことをしたら俺の命は消し飛ぶことになりそうだ。

両親へのお土産

I want to enjoy slow Living

お出かけを終え、ミスフィード家の屋敷の寝室でまったりしていると扉がノックされた。

返事をすると、ミーナが扉を開けて入ってきた。

「どうしたの？」

「アルフリート様宛に品物が届きました」

ああ、午前中に買った魔石細工の商品だが、既に屋敷に届いているようだ。

さすがは高級店。

即日の配達だ。

「こちらに運びますか？」

「うん、お願い――いや、やっぱり俺も運ぶのを手伝うよ」

品物の値段が値段なのでミーナ一人に運ばせるのはとても怖い。昨日の朝もミスフィード家の食器を落として割りそうになっていたからね。

「大丈夫ですよ。そこまで重い物でもありませんし、アルフリート様は休んでいてください」

「あっ、そう？　気を付けて運んでね？　落っことしたら割れちゃうかもだし、一つで金貨三十枚以上とかするから」

楽できるのならそれに越したことはない。ミーナが責任を持って運んでくれるというのなら素直に頼むことにしよう。

「すみません！　手伝ってください！　私一人だと、手が震えて落っことしてしまいそうです！」

注意事項を伝えると、けろりとしていたミーナが深く頭を下げて頼んできた。

「う、うん。そうしようか……」

使用人としてどうなんだと思わないでもないけど、もしものことを考えれば俺も同じことをするだろうから責めることもできない。

高級品を無理矢理運ばせるのも可哀想なので手伝うことにした。

ミーナに案内してもらって一階まで下りると、エントランスの端にいくつものトランクケースが置かれてある。

品物が高額なだけに木箱なんて粗末な包みをしていないようだ。

ケースを少しだけ開けてみると、中には大量の緩衝材が入っている。それらをかき分けると、魔石ランプが収納されているのが見えた。

うん、間違いなく俺の買った品物だな。家族全員の分がしっかりとある。

「それじゃあ、運ぼうか」

「はい」

ミーナが二つのトランクを手にし、俺は残りの三つのケースをサイキックで浮かべる。

廊下を進んでいくと、やがて二階への階段に差し掛かる。

何気ない階段だが、両手に高価な割れ物を持っているとなれば話は別。

ミーナは階段を前にして緊張の表情を浮かべていた。

「大丈夫。俺がいれば、ミーナが階段で転んだとしても品物は守ってあげるから」

「アルフリート様！　――って、あれ？　それって転げ落ちる私はスルーってことですか⁉」

「そっちはどうしようもないかな」

「……私の感動を返してください」

サイキックは人間に直接の効果は及ばないから仕方がない。

他の魔法を使えば何とかなるかもしれないが、それは俺の反射神経次第。

咄嗟の状況で品物より、ミーナを優先して守る自信が俺にはいまいちなかった。

とはいえ、商品の安全が保たれていると聞いて安心したのだろう。

ミーナから緊張が抜け、無事に寝室に運び込むことができたのだった。

◆

「さて、どうしようかな……」

寝室でトランクを前にして俺は悩む。

割れ物なので亜空間に収納して持ち帰るのが一番安全だ。

しかし、ミスフィード家の屋敷に送ってもらった手前、ミスフィード家の使用人やエルナ母さんたちも購入を知っている可能性が高い。

「アル、入るわよ？」

なんて悩んでいると、ノックと共にエルナ母さんの声が響いた。

返事をすると、エルナ母さんだけでなくノルド父さんも入ってきた。

「屋敷に品物が届いていたけど何を買ったの？」

「厳重なケースをいくつも運んでいたから気になってね」

亜空間に収納していなくてよかった。

ついさっきミーナと一緒に運び込んだのに、部屋になければどこに隠したのかと怪しまれるところだった。

「魔石細工だよ。主にランプを買ったんだ」

「ランプ？」

「うん、綺麗な光を眺めながら寝たいと思ってね」

「その理由を聞くと、アルらしいね」

買った理由を述べると、ノルド父さんがクスリと笑った。

「それにしても随分と買い込んだわね……？」

五つもケースがあっては爆買いしたと思われても不思議ではない。

「皆へのお土産だから。一応、二人の分もあるよ」

「あら、どんなものかしら?」

「見せてくれるかい?」

両親へお土産ってなんか恥ずかしいけど、ここまで目を輝かせられると嫌だとは言えない。特にノルド父さんは息子からのお土産が嬉しいのか、めちゃくちゃ嬉しそうだ。

期待の視線を浴びながら、ケースを開けてS字ランプを取り出した。

「綺麗なランプだね」

「でしょう?」

テーブルの上に置かれた一対のS字ランプ。非対称になっている二つのランプは光を灯さずとも、透き通っていて美しい。

ノルド父さんが感嘆の声を上げる中、エルナ母さんは真剣な顔でランプを見つめていた。

「……この美しい魔石の加工技術に洗練されたデザイン……もしかして、オーケン魔石細工店のランプ?」

「多分、そこだね」

店の看板は見てなかったけど、店主はオーケンだったので間違いないと思う。

「あそこは紹介制のお店で貴族であっても入れないはずだけど」

「ラーちゃんが紹介してくれたから入れたんだ」

「なるほどね」

疑問が解けたとばかりに頷くエルナ母さん。

平然としているけど、ちょっと羨ましがっている気がする。

紹介制だからいきなり二人を連れていけるかはわからないけど、王都滞在中に時間が余っていたら、連れていってもいいか聞いてみよう。

「光が見たいわ」

「うん、つけるね」

エルナ母さんの要望に応えて、俺は室内の灯りの魔道具を切り、テーブルの上にある二つのランプに魔力を込めた。

すると、暗くなった室内を淡い二つの光が照らした。

「まあ、綺麗だわ」

「うん、本当に……」

透き通るグリーンとブルーの魔石の輝きを見て、二人がため息を吐くかのように呟いた。

キラキラとした光は宝石のように幻想的な美しさをしている。

「ねえ、アル。どうしてこれを私たちに買ってくれたの？」

しばらく光を眺めていると、エルナ母さんがポツリと尋ねてきた。

急にこんな綺麗なランプを俺が買ってきたら不思議に思うよね。

こういうのをお土産にするのが柄じゃないと自分でもわかっているから、絶対に聞かれると思っていたよ。

「……二人のイメージにピッタリだと思ったからかな」

「うふふ、そう……ありがとう、嬉しいわ」

「ありがとう、アル」

そう答えると、エルナ母さんとノルド父さんが身を寄せてきて頭を撫でた。

「ただのお土産だよ」

「それでもアルが僕たちのことを考えてくれたのが嬉しいのさ」

なんでお土産を買った方がこんなにも気恥ずかしいのだろう。

だけど、二人が喜んでくれたのなら買った甲斐があるというものだ。

書き下ろし小説

スライムの可能性

I want to enjoy slow Living

「アルフリート様、スライム枕についてお聞きしてもよろしいでしょうか？」

ラーちゃんとロレッタが枕のフィッティングをしていると、『スリーパス』の店長であるネームが声をかけてきた。

オーダーメイド枕を作るためのヒアリングでスライムを枕にしていると言ったため、強い興味を抱いたようだ。

「いいですよ」

今はラーちゃんとロレッタのフィッティングが終わるまで待機時間がある。

睡眠に対して、並々ならぬこだわりがあるネームと話をするのも有意義そうだ。

「スライムを枕にとのことですが、生きた状態でということでしょうか？」

「もちろんです。スライムは死んでしまうと、あの素晴らしいぷにぷにとした肉質を維持できませんから」

あの弾力と柔らかさはスライムが生きていてこそ。死んでしまっては、ぬるぬるとしたゼリーのような液体と透明な皮と魔石だけが残ることになるからね。

「スライムには微弱な酸性液が含まれていますが、そちらは酸に強い素材を使用して肌のヒリつきなどを防ぐのでしょうか？」

魔物を枕にするという問題を除けば、スライム枕で気になる最大の懸念点は酸性液だ。

スライムの酸性液には人間を溶かして吸収するような力はないが、長時間触れていれば肌が赤くなってしまうし、ただれてしまうこともある。なので、スライムは枕にするには酸性液をいかにしてシャットアウトするかが重要だったりする。

「その通りです。あと付け加えれば、スライムを丁寧に飼っていれば人間に懐いてくれるんです。そうやって情を持って接すると、不要な酸性液を出すこともなくなっていきます」

「スライムがそのようなことを⁉」

スライムは基本的に知能が低いので、うちの屋敷にいるスライムの変化にネームも驚いているようだ。

「ええ、枕やクッションとして活用しながら飼い続けていると、そういった変化がありました」

おそらく、しっかりと耐性のあるカバーをかけて枕やクッションとして活用し続けることで、俺たちがしてほしくないことを理解していったんだと思う。

スライムは知能が低いとはいえ、完全に知能がないわけじゃないからね。

「安全が保障されているのであれば、まったく問題ないようですね。アルフリート様はどこでそれを買い求めになったのですが？　王都の寝具店はすべて網羅している自信があるのですがスライム枕など聞いたことがありません」

「ああ、これはトリー……じゃなくて、トリエラ商会の会長と知り合いの冒険者と一緒に、協力して作ったんです」

「それはいつ発売する予定なのですか⁉」

「今のところ発売する予定はありません」

「どうしてです⁉」

既にスライム枕を使ってみる気満々だったのか、ネームが興奮した様子で詰め寄ってくる。

「魔物を枕として使用する商品は、安全性の問題などから中々通らないようでして……」

トリーもスライム枕とクッションの有用性には気づいており、なんとか正式に商品化できるように動いてくれてはいる。

しかし、商業ギルドや頭の固い貴族によって反対されているらしく、あまり上手くいっていないようだ。

俺は自分が快適に使えたらそれで問題ないし、お金にはそれほど困っていないから販売されなくても別にいいんだけどね。

事情を伝えるとネームは考え込むような表情を浮かべ、真剣な表情になって口を開いた。

「アルフリート様、でしたら私とトリエラ様をお繋ぎしてくださいませんか？」

「……はい？」

「スライム枕が発売できるように、私もお力添えをしたく思います」

どうやらネームもスライム枕の製作・販売に関わっていきたいらしい。

「なぜです？」

今度は俺がネームに尋ねる番となった。

「だってスライム枕ですよ⁉　アルフリート様のお話しを聞いているだけで、その素晴らしさがわかります！　これを味わうことができないなんて人類のにとって大いなる損失です！」

「別にわざわざ販売しなくても俺たちが個人で楽しめばいいのでは？」

そんな面倒なことをしなくて俺たちだけで楽しんでおけば何も問題はない。

別にスライムを枕にすることは犯罪じゃないのだから。

「確かに一理ありますが、私は可能であれば販売し、産業として発展させるべきだと具申《ぐしん》いたします」

「どうしてです？」

「スライム枕が販売され儲かれば、多くの人が研究に精を出し、よりよいスライム枕を開発してくれるでしょう。つまり、産業として定着させれば私たちが気持ちよく寝ている間に誰かが勝手に良いものを作ってくれるんです！」

ネームの力強い言葉を聞いて、俺は雷に打たれたかのようなショックを受けた。

「俺たちが寝ている間に誰かが勝手に良いものを作ってくれる……なんていい響きなんだ。もしかして、ネームさんが寝具店の店長をやっているのも？」

「寝具を発展させれば、私よりも優秀な人に寝具を開発してもらえるからです～」

寝ている間にお金が湧いてこないか、寝ている間にとんでもない便利商品が開発されないかと常々考えてはいるが、まさかそれを現実にできるきっかけがあったとは。

思い返せば、それはいつも俺がいつもトリーに丸投げしていることと同じだ。

作った料理や商品なんかのアイディアをトリーに渡して、優秀な商会員や職人たちに頑張って仕上げてもらう。

俺は草案を提出するだけで、面倒な過程を踏んだ完成品が届くのだ。スライム枕も同じようにしてより良いものを手に入れればいい。

「王都の老舗でもある『スリーパス』のデータと技術が加われば、スライム枕の商品の質が上がるだけじゃなく信頼も獲得できるはずです」

「……わかりました。トリエラに話を通しておきます」

「ありがとうございます～」

トリーに繋ぐことをする約束すると、ネームは会釈をして嬉しそうな笑みを浮かべた。

……にしても、遊園地計画といい、王都にやってきてからは事業が拡大するような出来事ばかりな気がするな。

まあ、俺が実際に働くわけじゃないし、別にいっか……。

※本書は、「小説家になろう」(https://syosetu.com/)に掲載されていたものを、改稿のうえ書籍化したものです。
※この物語はフィクションです。作中に同一の名称があった場合も、実在する人物、団体等とは一切関係ありません。

錬金王（れんきんおう）
今は東京在住の物書き。本作で第４回ネット小説大賞金賞を受賞しデビュー。
現実でもスローライフをおくるために試行錯誤中。

イラスト **阿倍野ちゃこ**（あべの ちゃこ）

転生して田舎でスローライフをおくりたい　王都に遊園地をつくろう
（てんせいしていなかですろーらいふをおくりたい　おうとにゆうえんちをつくろう）

2024年3月29日　第1刷発行

著者　錬金王

発行人　関川 誠
発行所　株式会社 宝島社
〒102-8388　東京都千代田区一番町25番地
電話：営業03（3234）4621 ／編集03（3239）0599
https://tkj.jp

印刷・製本　中央精版印刷株式会社

ISBN978-4-299-05302-2